VAPEURS

NI VERS NI PROSE

PAR

XAVIER FORNERET

AUTEUR DE L'HOMME NOIR, ETC.

Sans façon et pour tous, un peu pour les enfants. Moi mauvais, mais, moi. —

(COUPROT, *Traité sur la Création et l'Imitation.*)

PARIS

E. DUVERGER, RUE DE VERNEUIL, N° 4.

1838

VAPEURS

IMPRIMERIE DE E. DUVERGER,
rue de Verneuil nº 4.

VAPEURS

NI VERS NI PROSE

PAR

XAVIER FORNERET

AUTEUR DE L'HOMME NOIR, ETC.

Sans façon et pour tous, un peu pour les enfants. Moi mauvais, mais, moi. —

(COUPROT, *Traité sur la Création et l'Imitation*.)

PARIS

E. DUVERGER, RUE DE VERNEUIL, N° 4.

1838

Pour quelques passages de quelques-unes des Vapeurs de ce livre.

L'âme est comme l'ouragan qui souffle, qui ébranle, qui renverse, qui entraîne, qui abîme, qui confond; ou, comme la brise qui fait naître, qui verdit, qui caresse, qui adule.

On pourrait peut-être encore dire que l'âme est un vaisseau d'air dont les voiles se gonflent de vague et d'incertitude, dont notre esprit est le mât, l'espérance la proue, et nos pensées la carcasse.

On est tenté de croire qu'il y a deux faces à notre âme : — l'une rouge, l'autre blanche. La rouge, c'est l'ouragan qui déchaîne ; la blanche, c'est la brise qui retient.

Il y aurait dans les recoins de ces deux faces autant de pensées, autant de parties de pensées, autant de couleurs, autant de nuances dans ces couleurs qu'il y a d'étoiles au ciel.

L'âme est aussi l'étoile du corps ; elle jette son feu par la marche, les mouvements, les gestes, les paroles, les regards, la pression.

Elle file souvent, mais elle revient à sa place sous trois rayons qui l'éclairent : — Dieu, la femme et le cœur humain.

Dieu, c'est tout sur la terre et au ciel.

La femme, c'est tout sur la terre.

Le cœur humain n'est presque rien nulle part.

L'auteur de ce livre est quelquefois plus triste qu'une larme, jamais plus gai qu'un sourire; souvent plus en fièvre qu'une dent qui souffre, jamais plus calme qu'une feuille en équilibre sur une branche.

Ceci est dit non pas pour entretenir de lui, mais seulement pour son livre.

On parle de soi au cœur qui nous connaît, parce que ce cœur nous le demande, parce qu'il vit de nos sensations, parce qu'il se couvre de notre âme, parce qu'il s'étend sur notre vie pour essayer de la faire sans plis, parce qu'il se met derrière nous pour y voir, parce qu'il rit avec nos lèvres, pleure avec nos yeux, donne avec nos bras, aime avec notre être.

L'auteur comprend la poésie comme il ne pourra jamais la faire, c'est-à-dire grande, élevée, sublime, naïve, ardente, railleuse, fine, emportée, suave, mordante, mélancolique, soupirante, onctueuse, toute de jour, toute de nuit, brillante ou noire.

Pour lui, dans ce monde, la poésie en tout, c'est son rêve.

Quand il a écrit, c'est le réveil, et ce réveil l'accable. Il se trouvait bien, il se trouve mal; il a tout senti, il n'a rien dit, puisqu'il a dit à sa manière; il s'était cru brûlant, il devient raide de froid; il est monté par un chemin qui l'a fait descendre.

Pourtant il croit presque qu'il a une âme, et, bien sûr, il n'afficherait pas cette croyance s'il n'était permis de se glorifier de ce qui nous vient de Dieu.

Certes, c'est bien assez qu'il ait osé dire : Ce livre est de moi.

LES PRISONS OUVERTES.

LES PRISONS OUVERTES.

Cœur grand, cœur généreux, cœur aimant, magnanime,
Dût-on m'emprisonner pour longtemps, pour toujours,
Je m'écrierais encore : Oui, son âme est sublime,
Et je dirais sans cesse au ciel : Garde ses jours.

A UN JEUNE HOMME.

A UN JEUNE HOMME.

Prince, tu as quitté frères, sœurs, père, mère,
Pour aller dans les camps d'un pays éloigné,
Jouer une partie contre toute misère;
Tu as fait face au jeu, aussi tu as gagné.

Et pourtant tu avais le plaisir si facile
A ta beauté, ton âge, à ton or, à ton rang!
Peut-être encor ton cœur restait-il à la ville,
Mais tu t'es dit: L'honneur doit seul prendre le sang.

Prince, tu es un brave, et fils d'un père brave,
Il y a bien sur toi des veines de Français;
On devait ramener, comme un fait que l'on grave,
Ton corps sur des lauriers, et l'armée sous un dais.

VAPEURS.

VAPEUR PREMIÈRE.

ÉCRIT DANS UN CIMETIÈRE

IL Y A DÉJA LONGTEMPS.

Vraiment on ne vit bien qu'à l'aspect d'une tombe,
Là, le néant d'autrui nous entre dans le cœur;
Là, rien n'est racheté, malgré toute hécatombe,
On ne peut plus qu'offrir ses larmes au malheur.
Quand la bouche sourit à la pierre gravée
D'être sous son corps froid on se sent le désir,

Et si l'on veut passer encore une journée,
C'est pour tâcher de mieux finir.

Le malheur! mot affreux qui désigne à la terre
Que l'homme est ici-bas pour le porter au front
Plus ou moins apparent, selon que Dieu le père
Aux fautes d'une vie doit attacher l'affront.
Et pourtant il y a de ces bien saintes âmes
Qui adorent sans cesse et ne vivent jamais
Qu'entachées d'un destin qui leur lance ses trames;
Dieu seul connaît donc leurs forfaits.

Le malheur ne dit rien à ceux qui sont sous l'herbe;
Ils reposent en paix, gardés par un vouloir

Qui donne à tous appui, au vieillard, à l'imberbe;
C'est la mort parmi eux qui est venue s'asseoir.
Mais la vie qui regarde en se tordant et pleure,
Mais la vie qui appelle en vain sur un tombeau;
Ouvrez-lui vite, hélas! la terreuse demeure;
Place pour elle en ce berceau!

On essaie de trouver dans chaque fleur qui brille
L'image de celui que l'on a tant aimé;
Le dard du moisonneur non plus que sa faucille
Ne s'étend pour ravir les cheveux du noir pré.
A travers les allées où l'on plante des roses
Avez-vous respiré comme un parfum de mort?
C'est un vent qui se plaint, et donne douces poses
Au cœur qui se croit le plus fort.

Oui, n'est-ce pas ainsi ? l'on n'a plus de caprices;
On éprouve en tout soi, jusque profondément,
Quelque chose d'amer, entouré de délices;
L'amertume est la vie, le miel est le néant.
Pourquoi donc retourner à ce monde en délire?
Pourquoi ne pas rester au sol des bienheureux?
Nous voyons la tempête et montons au navire;
La folie dirige nos vœux.

Aimez-vous ces tombeaux qui s'en vont aux nuages
Tout blancs d'un fat orgueil, remplis d'un vain penser?
On y voit rarement les Très-Saintes images;
Pour monter jusqu'à Dieu, faut-il donc s'abaisser?
Le front doit être bas, mais que toujours notre âme
Se fasse reconnaître à qui nous la créa;

De noble humilité faisons une oriflamme,
Et le bon Dieu nous sourira.

Nest-ce pas qu'en un coin couvert d'un peu de mousse,
Sous quelques fleurs amies, cultivées par l'amour,
Il fait bon reposer? Là, violette pousse,
C'est un cœur qui l'envoie de son dernier séjour.
N'est-ce pas qu'on est bien pour recevoir à l'ombre
Les larmes, en priant, de qui nous chérissait?
Et lorsque la douleur est d'abord morne et sombre,
Le calme vient à qui pleurait.

Prions! prions encor! — Ainsi dit Lamartine,
Cet être fait pour vivre en un divin palais. —

Oui, la sainte pensée de joie nous illumine,
Oui, l'ardente prière a du matin le frais. —
Prier, c'est adorer tout ce que la nature,
Soumise à une main, peut nous montrer de beau ;
Prier, c'est désirer avoir une âme pure
Comme celui qui créa l'eau.

Revendiquer sa part de la misère humaine
Pour qu'elle charge moins qui en est accablé, —
Cet acte monte au Ciel ; — n'est pas parole vaine
De soulager son frère en lui donnant pitié.
Dieu nous écoute encor quand l'oubli d'une faute,
Qui ne vient pas de nous, se perd dans l'avenir ;
Imitons sa bonté, sa sagesse très haute,
Gardons du bien le souvenir.

Nous croyons à la voix d'un ami qui s'épanche,
Nous lui serrons la main ; et bravant le malheur,
Nous nous faisons un Ciel, bleu comme la pervenche.
Oui, dans certain instant, on a foi au bonheur.
C'est encore prier que d'aimer qui nous aime ;
Oh ! l'amour devrait seul être notre horizon,
Cet amour pur et saint, l'amour que Dieu lui-même
    Fait sentir doux comme son nom.

Nous croyons à l'élan d'un parti politique,
Nous croyons à ses mots de progrès ou de paix,
Et, décernant à tous la couronne civique,
Leur conscience au cœur apporte des bienfaits.
C'est prier que penser qu'il n'est chose dans l'homme
Qui ne doive aviser qu'au bien de son pays ;

C'est prier que vouloir l'indivisible somme
De patriotes réunis.

Quand une femme voue son existence entière
A celui qui la prend et lui donne ses jours,
L'un et l'autre ont dans l'âme une belle prière,
Vous savez, ce mot vif, ce mot brûlant, TOUJOURS.
Avec joie, Dieu regarde une heureuse alliance ;
Mais il veut, pour bénir de sa divine main,
Qu'on arrive tous deux à la seconde enfance,
Comme on était au lendemain.

Mouillé, battu des vents, l'oiseau sous la feuillée
Cherche paisible abri contre les pluies du ciel;

Et pour son grand trésor, sa petite couvée,
Il craint en grelottant ; — c'est un effroi mortel.
Pourtant, il vit encore, et d'espoir l'oiseau chante ;
Son chagrin dans la joie se fait entendre à Dieu,
Il prie... — Aussi voilà que pour son épouvante,
    Le calme renaît en tout lieu.

La jeune fille au cou de celle qui l'embrasse,
De sa mère qui l'aime, et n'a d'autre transport
Qu'en voyant son enfant ; — jeune fille qui passe,
A reçu baiser tendre, elle défie le sort.
Une mère ! une fille ! Ah ! ce sont des Archanges
Qui parcourent la terre, et qui sur leur chemin
Sèment langage pur que redisent les anges,
    Qui réjouit l'Être sans fin.

Rien n'apporte un vrai mal, et n'accable en ce monde
Comme un brusque départ, le départ d'un ami;
La tristesse, à longs flots se jette, nous inonde;
Profondément en nous quelque chose a frémi. —
Croyons à un retour, et Providence bonne
Gardera saintement notre ami dans ses bras;
Jamais, assure-t-on, elle n'entend personne
    Sans lui donner vie pour trépas.

Mais nous sommes heureux lorsque sur notre bouche
Une autre bouche appuie de caressants baisers;
Vierge du Ciel, c'est toi, de qui la main nous touche
Et nous rend en amour ce qu'on t'offre en pensers.
Dans ce moment, alors, notre cœur va se rendre,
C'est ce néant de miel envoyé de là-haut;

Pour qu'on le goûte bien, ou pour le bien comprendre,
Dieu, c'est ton âme qu'il nous faut.

Vivons, aimons, prions ! — Et sans hypocrisie
Qu'un baume, parfumé de pieuse ferveur,
Coule sur nos pensées, comme de l'ambroisie,
Que notre esprit s'éclaire avec cette liqueur.
Le mensonge odieux, qu'il fuie notre paròle,
C'est un nuage noir ternissant un beau jour.
Aimer et être vrai, — de tout cela console,
En priant Dieu qui est l'amour.

VAPEUR II.

BAISER D'AMOUR.

. . . .

Baiser d'amour, c'est souffle et de glace et de flamme,
C'est une mer qui hurle, un ruisseau qui gémit,
C'est la foudre éclatant, c'est une douce nuit,
C'est un bec de vautour, c'est le sein d'une mère,
C'est ce qui vit au ciel, dont on meurt sur la terre.

VAPEUR III.

ÉCRIT A TABLE

IL Y A LONGTEMPS.

Du souffle d'un grand vent l'atmosphère est glacée,
La route de l'hiver se voit déjà tracée ;
Feuille vole en tombant comme une larme d'or.
Nous prions le soleil d'échauffer tout au monde,

C'est à peine, du haut de sa voûte profonde,
S'il nous regarde encor.

Nous sommes à un temps où les bouquets se cachent,
Où le dernier brin vert, les troupeaux se l'arrachent,
Où la bise ne laisse aux arbres que leurs os.
En levant nos regards, nous voyons de la neige;
C'est un reflet obscur de la froide Norwège;
Il n'y a plus d'échos.

Les ruisseaux vont mourant avec des teints livides;
Bientôt ils quitteront leur infini de rides,
Et de cristal coulant seront cristal coulé.
Pour les revoir en vie, hélas! il faut attendre

Que les lèvres de mai, douces, viennent leur rendre
Un visage perlé.

Oh! tout va donc mourir! on entend... oui, tout pleure,
Oui, tout se dit adieu en attendant son heure :
Mais pourtant ce qui passe reviendra un jour;
N'en doute pas, arbuste, et toi, jeune fleurette,
Tandis que l'homme aimé, que dans la terre on jette,
N'a jamais de retour.

C'est bientôt que pour nous un ciel gris va paraître,
C'est bientôt qu'en des lieux la misère va naître,
Que des mères en cris, avec leurs doux enfants,
Auront, sur leur grabat, accablées de tristesse,

L'hiver pour se couvrir et la faim pour richesse.
Mon Dieu ! quel affreux temps !

Lorsque nos yeux sourient à une flamme agile,
Quand nous voyons partout l'étincelle facile,
Pétillant sur le feu ; — saisis d'un vif effroi,
Nous brûlons au dehors ; mais sous notre pensée
Notre cœur se sent mal, et notre âme est gelée ;
Car les pauvres ont froid.

Bien souvent le dégoût préside à notre table ;
C'est pitié d'avoir trop, c'est imiter l'étable
Où la brute a parfois des aliments sans fin.
Alors, si, parmi nous, se montre un gai convive,

Ce luxe et cette joie sont une douleur vive;
Car les pauvres ont faim.

Ainsi le monde va. D'un côté la fortune,
Une vie de bonheur et presque sans lacune;
De l'autre — les soupirs, regrets et désespoir:
Là un père content, une mère pleurante,
Puis un heureux époux, les larmes d'une amante;
Rire, ou dents, d'un vouloir.

Comme on irait prier en s'ôtant l'existence!
Comme on abrégerait cette longue souffrance
D'entendre près de soi gémir des malheureux,
Si...—Mais, quitter ses enfants! abandonner sa mère!

Quelque chose nous dit de prier sur la terre
Avant d'aller aux cieux.

Parmi tous les humains, rarement la tempête
Arrive sans laisser après elle une fête ;
C'est du pain pour les uns, pour les autres un baiser.
Il est si doux de croire au bonheur dans la vie,
Que d'y penser un peu, notre âme rajeunie,
Brille et vit pour aimer.

A cette heure où je trace un peu ce que j'éprouve,
Pas un rayon du ciel, ici-bas, ne se trouve ;
Il fait nuit en plein jour ; — le vent souffle plus fort... —
Oh ! n'oublions jamais que des mères en peine

Pour leurs pauvres petits ont besoin d'une baleine
Qui empêche leur mort.

VAPEUR IV.

RAYON DE SOLEIL.

Laissez-moi ! laissez-moi ! vous tous qui avez vie !
Quelque chose en plein air, — le soleil — me convie
Sur l'herbe, près de l'eau, sur des feuilles tombant ;
Je cherche un souffle pur et le plus enivrant.

Je cherche, j'ai besoin qu'il m'arrive dans l'âme
Un son, un regard doux comme une voix de femme.

Il me faut que le bruit se meurt dans le lointain,
Il me faut une cloche à soupir incertain.

Il me faut du soleil à côté d'un nuage;
J'ai besoin d'un ciel beau qui prédise l'orage.

Mon cœur se fond, hélas! sous des larmes de feu;
Il regarde partout sans rien voir en tout lieu; —
Il a dans ses replis un sentiment avide,
Qui désire, qui veut, qui prend et reste vide

En étant toujours plein. Quand il donne un baiser,
C'est le rêve menteur qui vient le caresser :
Ce qu'il touche le blesse ; il s'en va dans le vague,
Il s'y heurte à grands coups, il saigne, il extravague ;
Il crie comme un perdu, qui, la nuit, aux abois,
Fait cent tours pour sortir, et ne sort pas d'un bois.

Il s'agite, il remue, c'est à en perdre haleine ;
Il se pique aux pensées qui l'abreuvent de peine ;
Il est tout noir de sang, debout dans son caveau ;
Il demande, en priant, secours à mon cerveau.

C'est mon cerveau, dit-il, qui le tue, qui l'écrase ;
Qui l'arrose de soufre allumé. — C'est un vase

Rempli de glu d'enfer où se débat l'espoir;
On pourrait l'appeler Danaïde-entonnoir
Où tout ne fait séjour qu'au moment du passage.

C'est l'heure allant à flots se poser sur un âge.

C'est un haillon pendant, tout fier de vétusté,
Qui vient tirer la langue à ce qui a été.

C'est du verre en couteau, qui taille l'existence,
Et se casse en la plaie pour gonfler la souffrance.

Ce sont des yeux en pleurs, parce qu'ils ne voient plus.
C'est une pauvre mère, aux esprits éperdus,

Qui se donne à manger à l'enfant qui la sèche,
Et que rien ne nourrit sa chair qui se dessèche.
Son sein qui tombe, hélas! et qui n'a plus de lait,
Crie, de tout son pouvoir, à la mort : Est-ce fait ?
Car la mère et l'enfant sont enfants l'un de l'autre,
Si la mère s'en va, l'enfant, son saint apôtre,
Met ses pieds dans ses pas, — et la colonne d'air
Les renverse tous deux ; — le ciel se fait enfer,
Mais un enfer bien doux ; — chez lui, tout il emporte
Pour ne rien séparer, et met clef sous la porte.

C'est enfin, dit mon cœur, comme une horrible dent
Qui limerait des os en se graissant de sang.

C'est un rayon de soleil qui me sembla écrire dans ma chambre, par le jour d'un volet, ce mot : *désespoir*, et qui me fit fuir.

VAPEUR V.

SA MÈRE L'EMBRASSE.

Elle t'embrasse donc
Sur les joues, sur le front ?
Et souvent là, quand tu sommeilles,
Tes yeux dormant, ce sont ses veilles.

Elle ne souffle plus pour laisser s'envoler
Ce souffle du repos qui vient de son baiser.
D'un loup elle a les pas, quand, de ton lit, approche
Son cœur tendre, plus doux que n'est dure une roche.
Il lui faut l'air rendu, usé par tes poumons,
S'il se presse en sortant, elle en a des frissons ;
Oh ! que tu es heureux ! Comme bien ta vie passe !
Ne me trompes-tu pas? Vrai, ta mère t'embrasse?...

. . . Aussi, il dit tout à sa mère.
Il lui dit tout !

VAPEUR VI.

ROI ET PAUVRE.

Que voulez-vous de moi?
Entrez, entrez, brave homme,
N'est-ce pas Jean Cagneux-le-Pauvre, qu'on vous nomme
Que voulez-vous de moi?
N'ayez pas peur, ami,
Je suis un pauvre aussi,
Un bien pauvre de joie, s'il en fut en ce monde;

L'amertume en ma vie fait sans cesse sa ronde;
Au calme, d'approcher elle porte défi.

Pourquoi donc m'appeler? —
Sur cette chaise douce
A l'aise asseyez-vous. La soie vaut bien la mousse
Où vous allez geler.
Mon feu vaut bien le vent,
Et ce mur paravent
Où votre corps s'appuie, se colle la journée;
Alors pour vous le temps doit doubler de durée,
N'est-ce pas, le Cagneux, ce n'est pas autrement?

Buvez un peu de vin,
Réchauffez votre gorge,

Mangez de ce pain blanc, laissez votre pain d'orge.
Allons ! repas divin !
Voyez, voilà de l'or ;
Voulez-vous ce trésor ?
Vous vous en servirez pour avoir une veste
Qui se tienne après vous, et garderez le reste
Pour brider vos amis, pour faire le milord.

L'eau rend vos cheveux mous,
Mettez-leur cette toque ;
Elle vous semblera peut-être bien baroque,
Il n'y a pas de trous.
Mettez aussi ces bas
Et prenez ce cabas.
Mon Dieu, mon pauvre Jean, comment? point de chemise!

Je veux vous en donner plusieurs sans reprise
Pour cacher dos et cou. Voilà encor des draps.

Vous êtes désireux
D'entrer dans une chambre,
Qui ne possède pas pour valets d'antichambre
Les vents ou l'air brumeux.
N'est-ce pas ? Votre bien,
Je le veux — tout ou rien ;
C'est-à-dire, je veux que vous vouliez le prendre,
Et ainsi vous pourrez tranquillement attendre
La fin de votre vie, la mort, le grand soutien.

Vous aurez un jokei

Bien pantin, bien paillasse,
En habit fin, brodé d'argent sur toute face.
Plus tard ; mais du Tokei,
Bientôt : Jean, croyez-moi,
Buvez-en. Sur ma foi !
C'est un vin des meilleurs ; Basa, Noé d'Autriche,
Le créa ; Basa IV en fit trois ; Basa, riche,
Du peuple dernier, ou premier, Basa fut roi.

Vous me comprenez bien ;
Je parle sans cadence,
Sans nul apprêt, exprès ; à votre intelligence
J'attache un seul lien.
Au savoir le savoir ;
L'espérance à l'espoir.

Et si j'ai dit un mot de l'habitant d'un trône,
Hélas! j'ajouterai que cet homme qu'on prône
Est moins heureux que vous; je vous le ferai voir.

D'abord, à tout venant
Vous priez qu'il vous donne;
Vous vivez sans la faim; votre figure est bonne,
Quoique d'un mendiant;
Vous n'êtes pas rêveur,
Tiraillé par la peur.
Un roi! c'est un enfant dont le peuple est le père,
Dieu, le jour qui le mène, et la patrie, sa mère,
Et ce qui le nourrit pourtant, c'est le malheur.

Seul, vous mangez du pain.

Le roi, assis à table,
Est entouré d'*amis,* d'un luxe qui l'accable.
A lui n'est plus sa main :
La prend un renégat
A l'œil, au dos de chat.
Parmi tous ces vivants qui font belle grimace,
Dix, vingt fixent leurs yeux sur la royale face,
La dévorent du cœur, lui sourient du crachat.

Malheureux! qu'a-t-il fait,
Ce roi qui vous fatigue?
Peut-être rien de mal, si n'est qu'il vous prodigue
Chaque jour un bienfait.
Mais quel est donc celui
Qui si peu qu'il ait, lui,

Ne s'est trompé jamais et n'a pu se méprendre ?
Plus on est haut placé, plus on devrait descendre,
Me direz-vous ? c'est vrai. La faute est-elle à lui ?

Sous des habits pompeux
Il y a de l'horrible
Qui tache le palais, et qui, dur ou sensible,
Va, tue ou rend heureux.
Du diable le valet
Plus qu'on ne lui dit fait;
Et malheur ! Trop souvent, pour une peccadille,
Maître qui punit peu, son valet en sourcille,
Écoute à ventre plat; mais il a son sifflet.

Ah! vous vous asseyez,

Pauvre, je vous amuse;
Mais peut-être un peu trop du droit de conter j'use ?
Non, car vous souriez.
Alors, j'en veux venir
A plus vous réjouir.
En disant, à raison : à vous, repos et calme !
Avez-vous dans le cœur quelque chose... une larme ?
Vous la versez sans crainte, un roi peut en mourir.

Oui, d'un sire les pleurs,
Près d'yeux qui n'en produisent,
Sont souvent des poignards qui sur son sein s'aiguisent
Par de saintes fureurs.
S'il dit mot, on l'entend ;
On crée son mouvement;

Il est toujours en haut et en bas de l'échelle;
S'il y monte il en glisse; en tout on le harcelle;
On lui marque un désir; s'il se veut, on le prend.

Mon Dieu! nous le savons,
C'est un bel esclavage
Dont ne se plaint un roi. Jusqu'à fin de son âge,
C'est : *Je veux, nous voulons.*
Mais son corps est perdu,
Et son cœur est mordu.
Sa cour est comme un chien qui tire ses entrailles,
Dent mielleuse et pointue qui livre des batailles.
L'entourage d'un roi, c'est le roi absolu.

Vous croyez que s'il a

Un fils ou une fille,
Ils sont à lui, pour lui ? non, cette joie qui brille
En les voyant, s'en va ;
L'Etat, ce monstre humain
Dès leur jour, le demain,
Les amène tous deux à sa gueule béante,
Donne un baiser Judas à leur chair palpitante ;
Le géant est dehors, au palais est le nain.

Je ne vous ai point dit
Une terrible chose ;
Dans une auguste vie si grande en est la dose !
Effroyable conflit !
Le Pauvre ! c'est pitié
Que cette vérité.

On goûte son repas avant que le roi mange,
On lui fait voir qu'il peut... —N'est-ce pas, c'est étrange?
Aussi Dieu pense ; il souffre : à lui, l'éternité!

Il y a dans un roi
Quelque chose de tendre
Dont on ne convient pas, qu'on ne veut pas comprendre.
On n'a pas d'autre foi
Qu'il passe tout son jour
En bals, fêtes et cour ;
Qu'il néglige son peuple, et que sur sa couronne
Il attache ses yeux, et ne voit plus personne.
— Pourtant on se sent bien de croire à son amour.

Pauvre, j'ai abusé

De votre patience. —
Pardon, merci, partez, merci. — Votre présence
Et votre air m'ont prouvé
Que j'étais un enfant
Né d'une sotte gent.
Pour vous offrir, à vous, l'argent, l'or, la fortune,
milliard de maisons, valant louis chacune;
— Allez, on rit dehors, — on pleure plus dedans.

Je crois avoir entendu dire à un pauvre :
« Bah! bah! l'aumône ne paie pas d'impôts. »

VAPEUR VII.

ELLE.

Vous ne savez son nom ? — Celle pour qui je chante
A vie d'amour de feu, puis après est mourante :
C'est un arbre en verdeur, un soleil en éclats,
Puis une nuit de rose ou languissants ébats.
C'est un torrent jeté par un trou de nuage ;
C'est le roi des lions dégarni de sa cage :

C'est l'enfant qui se roule et qui est tout en pleurs,
C'est la misère en cris, — c'est la richesse en fleurs.
C'est la terre qui tremble et la foudre qui tonne,
Puis le calme du soir, au doux bruit qui résonne :
C'est un choc qui renverse en tuant de frayeur,
Puis un pauvre qui donne, — ou le soupir qui meurt.
C'est un maître qui gronde, — un amant qui caresse ;
C'est la mort, désespoir, deuil, bonheur, allégresse.
C'est la brebis qui bêle en léchant son agneau,
Puis la brise aux parfums, ou le vent dans l'ormeau.—
Bien sûr elle a deux cœurs : l'un qui vit et palpite ;
L'autre, frappé, battu, qui dans un coin habite.

On pense que son pied ne la soutiendra pas,
Tant il se perd au sol, ne marquant point de pas.

Ses cheveux sont si beaux qu'on désire se pendre
Avec eux, si épais qu'on ne peut pas les prendre.
Si petite est la place où l'entoure un corset
Qu'on ne sait vraiment pas comment elle le met.
Quelque chose en sa voix arrête, étreint, essouffle.
Des âmes en douceur s'épurent dans son souffle.
Et quand au fond du cœur elle s'en va cherchant,
Ses baisers sont des yeux, sa bouche est leur *Voyant.*

Pour toi.

VAPEUR VIII.

ORAGE.

L'horizon se rougit comme un feu qui s'allume,
Et l'on entend dans l'air comme un lourd bruit d'enclume.
Le ciel paraît un œil, gros, tout gonflé de pleurs,
Qui va s'ouvrir au large et verser ses douleurs.

Il arrive de loin un craquement horrible.

La nuit vise au soleil et met droit dans la cible.
Minuit sonne à midi ; — et la terre en sueur
Semble porter un monde armé de pesanteur.

Les vents sifflent entre eux des chansons d'agonie ;
Ils entourent les bois d'une main de Furie.

De partout l'eau abonde et se vomit à flots ;
Des quartiers de rocher deviennent des canots.

Tout est affreux et beau, sublime, lamentable, —

C'estcomme un mot de Dieu dans la bouche du diable.

Les oiseaux où vont-ils par ces temps ravagés?
Ils courent çà et là, comme des insensés;
Leurs ailes rabattues, leurs plumes rebroussées
A l'aise ne jouent plus, tant elles sont trempées;
Leurs becs, qui se mouvaient sous un gazouillement,
Ne s'ouvrent qu'avec peine à un gémissement.
Ils n'ont plus ces airs doux qu'une belle soirée
Apporte à leur gosier, à la lune parée.
Leur feuillage, pour eux, n'est plus un temple ouvert
A ce soupir du soir qui vient à leur concert.

Tout est mouillé, plié, tordu jusqu'aux racines;
Pour un jour nous avons la mort et ses ruines.

La nature échauffée se couche en un grand bain,
Et l'herbe qui se noie ne trouve plus sa main.

Les chars et les chevaux se perdent dans la boue;
Il n'y a plus ici et là-bas qu'une roue,
Qui sans qu'on la voie bien se meut avec fracas,
Ses jantes sont de feu et ses rais des éclats
Qui vont en se brisant comme une voix qui gronde
Reprocher aux humains le mal qu'ils font au monde.

Les arbres se secouent sur les vents déchaînés,
Ils ont beau tenir bon, ils sont déracinés,
Et leurs grands corps de bois percent, fraient un passage
A travers des maisons qu'ils traînent à la nage.

Des ponts hauts de cent pieds s'écroulent dessous l'eau :

La montagne n'est plus que l'unique monceau,
Qu'aperçoive la vue de ceux qui sont sur elle ;
Ils ont fui, gravissant sur cette balancelle
Qui ne remuera pas, ils osent l'espérer.

Mais si l'eau jusqu'à eux se plaisait à monter ?...
D'abord les atteignant et cachant leur chaussure,
Puis peu à peu glissant, entourant leur ceinture,
Puis s'élevant encor jusque dessous leurs bras,
Puis arrivant au cou... — Où iraient-ils, hélas !
N'ayant plus que la tête en haut de la montagne,
Perdant pied de frayeur au frisson que les gagne ?
Qui les prendrait alors ? où s'accrocheraient-ils ?

Les vagues en fureur sont des poisons subtils
Qui entrent par partout, et sur le corps se hissent,
Qui ne font pas vomir; au contraire, ils emplissent.

La pluie se jette encor, mais non plus par torrents ;
Elle n'est plus fouettée par l'haleine des vents ;
Et peut-être bientôt on verra de la terre,
Quand se retirera le flottant cimetière.

Et peut-être bientôt ces pleurs, venant du ciel,
Feront luire un jour bleu donné par l'Eternel.
Toujours gardons le temps coulé dans l'espérance ;
C'est un si doux creuset que bonne confiance !

Des nuages encor parcourent l'horizon,

Mais ce n'est seulement qu'un vaporeux sillon.
La pluie se ralentit et tombe goutte à goutte,
On regarde et l'on craint; on attend, on écoute.

Tout se remet déjà de la fureur des bruits ;
Des pointes de rocher, les liquides étuis
Les laissent sortir d'eux, peu à peu, ligne à ligne.

Un rayon de soleil! de pur or! — C'est bon signe!

Les torrents qui frappaient à leur tour sont frappés,
Une main les dégorge, ils s'en vont abîmés :
Le temps leur lance au cœur des instants qui les percent,
Sa force les accable, — et, pressés, ils se versent ;

La mitraille de pluie leur refuse renforts,
Et bientôt se cachant ils n'auront plus de bords.

Les arbres, qui debout montrent plus que leurs têtes,
Reçoivent les oiseaux qui crient en vrais prophètes :
« Que fatigué du choc, la foudre est en repos,
Que les éclairs, ses gens sont rentrés au chaos ;
Que l'arc aux trois couleurs, cet étai des nuages,
Ce lutteur à trois bras, qui boxe les orages,
S'avance bien brillant, bien cintré, bien tendu
Pour dire sans parler : « Que le calme est rendu. »
« Que Dieu est satisfait du jeu de ses machines ;
Que ses anges, porteurs de gracieuses mines,
Se rangent pour le voir sourire à son soleil,
Qui prend le plus possible un visage vermeil.

« Que la bonne Marie songe à toutes les âmes,
Et que son Fils chéri a prié pour les femmes. »

Oui, l'un l'autre ont tenu et baisé les genoux
Du Père, qui s'est fait le Grand-Père de tous.

Herbe, mousse, rochers, tout cela se découvre,
La terre reparaît sous le ciel qui la couvre.
Mais qu'est-ce qui charrie sur son corps humecté?
C'est un mouton, sans peau, saignant, déchiqueté,
Qui s'est tondu tout seul à l'aide d'une pierre,
Et a laissé sa laine aux flancs de la rivière.
Plus loin, c'est un cheval,—selle au dos, mors aux dents,
Presque sec en dehors, gorgé d'eau en dedans;
Des étriers de fer, luisant comme lancettes,
Bien croisés sur son nez; — lui servent de lunettes,

Et pourtant ternes, mous, crevés. — Voilà ses yeux
Qui ne voient plus du jour ni de la nuit les jeux.
Une femme plus loin, qu'un pied de bœuf éventre,
Reçoit, de lui qui meurt, un enfant dans son ventre;
Un enfant, tournoyant au moment qu'il frappait.

On trouve encor plus loin un homme qui passait,
On pense, sur un pont, puisqu'il porte aux épaules
Une arche lézardée par le tronc de trois saules.

Dans un coin des débris d'une pauvre maison,
Deux amants ont encor de l'eau jusqu'au menton;
Cette eau tourne et blanchit leurs figures glacées,
Mais ne décolle pas leurs bouches embrassées.

VAPEUR IX.

AMITIÉ.

A M. PAUL V. . . DE CUBRIAL.

Femmes, si vous le regardiez,
De vos yeux vous le fixeriez
Et le suivriez à la piste;
Hommes, si vous le connaissiez,
Bien sûr vous reconnaîtriez
Et diriez : L'amitié existe.

Pour être heureux croyons à la sainte amitié, mais ne nous pressons pas de dire : On m'a aimé.

VAPEUR X.

ELLE.

Mon Dieu! si elle allait mourir !
Si la pelle allait la couvrir,
Avec son bec de bois qui ramasse la terre,
Si sa sœur où son frère,
Pour la pleurer allaient venir !

Si la cloche toujours au guet
Allait donner sa voix qui *fait:*
Mort-mort, mort-mort, en hochant de la tête;
Et que le fossoyeur fît fête,
Assis au bord de son creux fait!

Si la grande et jaune bougie
Allait flamber sur cette vie
Eteinte à tout jamais!

Si le drap noir sous sa croix blanche,
Etendant ses bras sur la planche,
Allait lui ôter l'air, si encore elle était!

Et si le prêtre aux chants de marbre

Allait se mettre à cheminer
Pour la conduire sous un arbre
Et puis comme tous la laisser !

Si des autres les os allaient tomber sur elle,
Dans sa maison construite sans truelle ;
Si pour la voir encor j'allais être obligé
De chercher dans ces os, son corps inanimé
Qui ne répondrait plus
A mes cris, à mes larmes ;
Qu'on toucherait dessous, dessus
Sans qu'il bougeât, — et que toutes les armes
Qui viendraient le fouiller n'y trouveraient que chair
Molle, et rendant un vent qui empoisonne l'air.

Si je ne reconnaissais pas sa bouche !

Si sa figure était farouche !
Si déjà ses traits étaient ravagés !
Si ses beaux yeux étaient rongés !
Si ses dents étaient serrées !
Sous ses lèvres crispées ;
Ses lèvres grimaçant, ses dents grinçant l'horreur !
Si sa poitrine était ouverte,
Et sa langue découverte,
Par son cou déchiré, pendant,
Et sa gorge saignant !

Je crois que j'aurais peur.

Peur ! eh ! de quoi peur ? d'une morte,
Qui dans sa fosse apporte

Un cœur à vous lorsqu'il battait,
Que vous seul il idolâtrait ?
Ce que vous avez eu pendant toute sa vie,
Ce qui l'a sans cesse nourrie,
Qui de son âme a fait un amour dans son corps,
Qu'elle a toujours gardé, sans craindre le remords ?

Peur d'une femme à qui vous diriez : Que tu meures?
Je le veux, je le veux ! Ne ris pas... tu l'effleures
Ce sein sur qui tu mets la pointe d'un poignard ;
Craindrais-tu la souffrance?
« Allons, enfonce donc ! enfonce ! » — Et qu'un regard
Vous dit en se fermant : « Voilà mon existence. »
Des restes d'un tel corps pourrait-on avoir peur ?
Je m'y cramponnerais, ainsi qu'un ver rongeur.

De deux je ferais un; j'aime tant, qu'il me semble
Que je lierais, chairs, os, entortillés ensemble;
De sorte qu'on dirait en y fixant ses yeux :
Jamais cet 1 de chair, n'a pu former un 2.

J'avais rêvé qu'elle était morte.

VAPEUR XI.

JEUX DE MÈRE ET D'ENFANT.

« Mon bijou! mon enfant! viens donc que je te baise!

— Oui, maman.

— Mais viens donc, ici, sur cette chaise.

Là! bien! — Sur mes genoux, je ne vois pas assez

Tes traits d'ange et de Dieu, — ton joli petit nez.

— Oui, maman.

— Oh! cher! cher!

— Oui, maman.

— Dis, tu m'aimes?

— Plus que la sainte Vierge.

— Oh! mais non!... tu blasphèmes.

— Qu'est-ce donc, bonne amie, que ce mot, blasphémer?

— Avec toi, mon enfant, j'ai tort de l'employer;

— Je te l'expliquerai plus tard.

— Oui, oui, ma mère;

— Mais je serai longtemps ton ami?

— Je l'espère!

Tu ne me donneras donc jamais du chagrin?

— J'aimerais mieux toujours apprendre le latin.

Écoute-moi, maman.

— Oui, mon fils.

— A l'église,

Où nous étions un jour, moi debout, toi assise,

Toi, faisant de gros yeux aux miens pour les baisser,

A peine disant : Chut! et moi d'en profiter
Pour m'amuser d'un bout du boa d'une dame,
Et puis en chatouiller le vieux cou d'une femme, —
Lorsque le Suisse vint ; — cet homme, est effrayant !
J'en ai peur, — on dirait qu'il sort d'un bain de sang.
Quand il frappa mon bras de sa brillante pique,
Que, si c'était à moi, j'en ferais bien relique.
— Et où la placer ?
— Où ?
— Oui. Que tu es bavard !
— Eh ! mais ! maman, tu sais, dans mon petit placard.
— Un rayon de deux pieds ?
— J'y mettrais ce qui coupe,
Et je m'en servirais pour jouer *à la troupe.*
Du manche, en y laissant reluire ses clous d'or,
J'en ferais deux fusils, par malheur sans ressort.

— Eh bien! que disais-tu ou que voulais-tu dire?
— Quand il passa, le Suisse, oh! j'étouffais de rire.
La vieille se grattait, chantant un *libera*,
Moi j'ôtais aussitôt la queue de mon boa;
Sûrement que le poil mordit sa peau ridée,
Car, malgré qu'elle fût de son livre occupée,
Le feuilletant partout de ses longs doigts crasseux,
Aussi noirs que les miens quand ils font certains jeux,
Sa main bondit, cassa ses verres de lunettes
Qui mirent leurs morceaux entre ses deux bavettes.
Maman, tu n'as pas vu?
— Non, je priais pour toi.
— Oh! ma chère maman, veux-tu, embrasse-moi?
— Non, monsieur; il me faut de suite votre histoire,
Petit sot qui causez à en perdre mémoire.
— Maman, d'abord ta joue!

— Non, monsieur.

— Si, maman.

— Obéissez, je veux! Et cela sur-le-champ!

— Je ne me souviens plus...

— Ah bien! voilà sa moue

Qui fait tourner ses yeux plus vite qu'une roue... —

— Comme toi à l'église.

— Aussi, ils s'useront,

Tu les ouvriras tant qu'enfin ils tomberont,

Et tu ne verras plus tes gentils camarades,

Pour aller, avec eux, courir les mascarades.

— Ah! je m'en moque bien!

— Frotte, arrache tes cils,

Pour qu'on ne te voie plus sur l'œil que des sourcils!

Ne les touche donc pas!...

— Maman, c'est que je pleure...

Je vais... te raconter...

— Embrasse! à la bonne heure!

Oh! cette grosse larme! Enfant, ne pleure pas!

Viens près de moi, sur moi; appuie-toi sur mes bras.

— Es-tu bien?

— Oui, maman.

— Allons, dites-moi, vite,

Monsieur petit vilain... Voyez comme il s'agite!

Mais, qu'est-ce que tu fais?...

— Plus près de tes cheveux...

Oh! qu'ils sont grands et noirs! aussi noirs que tes yeux.

S'ils étaient sur ma tête, oh! quel bonheur!

— A peine

Ai-je excusé...

— Maman, cette boucle te gêne;

Elle est jusqu'à ton dos, — si j'allais la couper?

— Ne t'en avise pas!

— Maman, je vaîs tirer!

— Cent fois, non, je t'en prie! A l'instant, je me fâche.

— Tu ne le voudrais pas,

— Si!

— Car, ce serait lâche.

Tu me tiens trop serré, je sens battre ton cœur.

— Alors, je vous rends libre. — Il est tout en sueur!

— Adieu, maman! Je sors.

— Venez ici, de suite!

Pour sécher votre front, et vous irez ensuite,

Avec vos bons amis, sauter, rire au jardin, —

Tout joyeux, n'est-ce pas, tout fier de mon chagrin?

M'oubliant pour un jeu. — Laissez-là votre mère!

— Aussi, maman, toujours, tu prends un ton sévère...

On ne sait pas comment... — N'essuie donc pas si fort!

— Je t'ai fait mal?

— Un peu... ici... près de ce bord.

— Je vais souffler dessus, l'adoucir de ma lèvre;

Chaud et presque brûlant! c'est que tu as la fièvre!

Il ne faut pas sortir.

— Mais si.

— Mais non, monsieur.

— Je ne me sens pas mal.

— Vous êtes un menteur!

Approchez-vous de moi.

— Je n'ai rien, je te jure.

— Oh! ce n'est pas pour vous, c'est pour votre figure

Que je veux voir encor...

— Quoi? puisque...

— Votre front,

Dont la rougeur s'étend jusqu'à votre menton.

Venez.

— Non, je m'en vais.

— C'est bien !

— Tu es fâchée ?

— Oui. Ne me touchez plus de toute la journée.

— Et demain ?

— Et demain.

— Après-demain ?

— Encor.

— Ah ! ma bonne maman, si j'avais beaucoup d'or,

Je le parierais tout contre un morceau de cuivre,

Que dans le feu, dans l'eau, tu viendrais pour me suivre.

— Vous croyez ?

— Comme en Dieu. — Voilà que tu souris.

— Ce n'est pas vrai, monsieur.

— Tes lèvres font des plis.

— Tes regards ne sont plus, tu sais, comme à l'église,
Je ne les craindrais pas après une sottise.
Je mettrais bien mon doigt entre ce double rang
Qui fait belle ta bouche, en te la défendant; —
Si tu me le coupais...
— Ce serait de colère,
Tu peux en être sûr.
— Vraiment, petite mère?
— Si tu n'avais pas peur, mon ami, tu verrais!
— Eh bien! ouvre! j'approche... Oh! tu me retiendrais,
Tu me ferais asseoir pour te dire le conte.
— Vous osez m'en parler, et vous n'avez pas honte?
— Non.
— Viens, tu sortiras, mais sans un de tes doigts;
De quatre qu'a ta main il t'en restera trois;
C'est assez pour jouer.

— Le voilà ! mors ! emporte !

Et je ne crierai pas plus...

— Que je crierais, morte ?

— Juste. Ni plus, ni moins. —Oh ! oui, va, j'ai du cœur,

Demande-le un jour à mon gros professeur ;

Il voulait me punir pour une révérence,

J'aimai mieux me sauver que d'être en pénitence.

J'enfonce, presse ! allons ! — Pas fort pour commencer,

— Si je ne serre bien, je ne peux pas couper.

Ne bouge pas...

— Non, non.

— Tiens !...

— Tu baises mon pouce.

— Oh ! mon pauvre petit, comme ta peau est douce !

— Mors donc ! Tu n'oses pas... — Je suis le plus hardi,

Je ne te croirai plus, — n'est-ce pas, c'est fini ?

J'ôte mon doigt ?

— Oui, ôte.

— Vois! il a une bague.

— Tes dents y ont marqué comme des coups de schlague.

— Cela ne se peut pas...

— C'est quand tu as dit : — Tiens!

J'ai senti ce qu'on sent lorsqu'on présente aux chiens

Et qu'ils sont trop gourmands.

— Remets-le dans ma bouche

Pour le guérir un peu.

— Non, chaque trou se bouche.

— Pardonne-moi, veux-tu ? laisse-moi t'embrasser !

— Tu m'étouffes, vraiment!...

— Oh! je vais te manger!

Monte sur un genou, — enfant que je déteste!... —

— Tu me casses le bras! tu déchires ma veste!

Tu m'as trompé !

— C'est vrai, qu'est-ce que cela fait ?

— Maman, c'est donc ici que j'ai sucé ton lait?

— Oui, mon doux ange.

— Alors, c'est moi qui t'ai mordue.

— Et comment ? avec quoi ? pas une dent venue.

— Elles poussaient dessous les tresses de cheveux

Qui caressaient ma tête, il faut... j'en prends... j'en veux!

— Mais dis ? qu'en feras-tu ?

— Une belle moustache

Pour les baiser toujours ; — puis si j'avais la hache

Ou la pique du Suisse...

— Eh bien!

— Quel beau sapeur!

Marchant à tes côtés, tout le monde aurait peur.

Comme on se rangerait pour te donner passage!

On dirait : Cet enfant porte vingt fois son âge.
Et je tousserais fort en grossissant ma voix ;
Au besoin, pour cela, je croquerais des noix.
— Oui, d'accord.
— Tu me vois ?
— Parfaitement. — Ecoute.
J'ai dans le cœur de l'âme un feu bouillant, un doute,
Eteins-le-moi.
— Ma mie ?
— Ne m'oublieras-tu pas ?
Ne mêleras-tu pas ton cœur aux cœurs ingrats.
— Avant que je t'oublie, maman, veux-tu me croire?
Les corbeaux seront blancs, la neige toute noire.

— Dans une chambre voisine de la mienne, deux voix douces s'endormirent à force de causer. — Je pense que la mère avait trente ans, et l'enfant onze.

VAPEUR XII.

Dans une nuit, un rayon de lune m'embrassa sur les yeux ; je m'éveillai, et j'écrivis sous la dictée du Silence :

La nuit, ce calme plat, vient reposer le monde;
L'Univers, ce vaisseau, qui s'arrête la nuit,
A l'ancre sous le ciel, aucun flot ne l'inonde,
Et tout ce qu'on entend n'est qu'un soupir du bruit.

VAPEUR XIII.

UN PAUVRE HONTEUX.

Il l'a tirée
De sa poche percée,
L'a mise sous ses yeux;
Et l'a bien regardée
En disant : « Malheureux ! »

Il l'a soufflée
De sa bouche humectée ;
Il avait presque peur
D'une horrible pensée
Qui vint le prendre au cœur.

Il l'a mouillée
D'une larme gelée
Qui fondit par hasard ;
Sa chambre était trouée
Encor plus qu'un bazar.

Il l'a frottée,
Ne l'a pas réchauffée,

A peine il la sentait;
Car, par le froid pincée
Elle se retirait.

Il l'a pesée
Comme on pèse une idée,
En l'appuyant sur l'air.
Puis il l'a mesurée
Avec du fil de fer.

Il l'a touchée
De sa lèvre ridée. —
D'un frénétique effroi
Elle s'est écriée :
Adieu, embrasse-moi !

Il l'a baissée,
Et après l'a croisée
Sur l'horloge du corps,
Qui rendait, mal montée,
De mats et lourds accords.

Il l'a palpée
D'une main décidée
A la faire mourir. —
— Oui, c'est une bouchée
Dont on peut se nourrir.

Il l'a pliée,
Il l'a cassée,

Il l'a placée,

Il l'a coupée;

Il l'a lavée,

Il l'a portée,

Il l'a grillée,

Il l'a mangée.

— Quand il n'était pas grand, on lui avait dit : — Si tu as faim, mange une de tes mains.

VAPEUR XIV.

[illegible]

BOUFFÉE.

Fumée, c'est ce qui est; — feu, c'est ce qui n'est pas;
Point de feu sans fumée, point de bon lit sans draps,
Dit-on, ou a-t-on dit, ou dira-t-on peut être?
Comme aussi, — mauvais froc déshabille un bon prêtre.

Bien sur ce dernier point, bien sur celui du lit,
Mais la Vérité a souvent un appétit
Qui mord à tout, partout, pile, broie, décompose,
Et prouve que tel feu de fumée se compose ;
Que pourtant on s'y brûle en l'approchant de près,
Comme l'on peut mourir sous la vie d'un cyprès.

Où est Dieu? — Dans le ciel, sous la voûte azurée,
S'asseyant quelquefois sur sa porte d'entrée
La Terre, —
Cette tête où sont percés tant d'yeux,
Tant de jours où l'on voit malgré tous ses cheveux.

Dieu regarde par là, prend deux hommes pour verre,

Se les applique au front, et s'en fait un mystère
Pour bien savoir ce qu'est un homme, ou lui n'est pas,

— Ce vide, c'est la faim qui prend des estomacs. —

Dieu regarde et se dit : « Mais vraiment c'est infâme !
Changer pour de la boue ce que je donne, une âme,
Refaire ce limon sur lequel j'ai soufflé,
Détruire tout pour rien, comme un enfant gâté
Qui se moque et rit fort quand son père le gronde,
Quand sa mère lui crie : —
«Prends donc garde à ta fronde,
Tu la lances vers moi... ! —
Non, maman, n'aie pas peur !
Et qui lui met sa pierre à deux pouces du cœur.

Dieu regarde et essuie sa jumelle virile,
Il se la cloue à l'œil; mais comme elle est fragile,
Et l'ayant frottée tant que ses doigts en sont chauds,
Il la croit cassée, terne, ou de verre à défauts.

Pourtant il lorgne encore, et crée, de sa présence,
Un réseau bien tissu qui cache sa puissance;
Puis il s'en va du lieu où porte son regard ; —

Que l'homme soit alors nez et peau de renard,
Qu'il se plâtre de blanc, se cartonne d'un masque,
Qu'il chemine la nuit, ou sous un jour fantasque ;
Qu'il se frappe le cœur en cherchant son poison,
Qu'il vous apporte mort, en disant :

« Guérison! »

Que sur votre agonie il traîne sa pensée
Comme un chien affamé qui attend la curée, —
Qu'il pleure pour dehors, qu'il sourie pour dedans,
Qu'il prenne l'eau de Dieu pour jeter son encens,
Qu'il pense ôter de lui la tâche qu'il arrose,
Qu'il croie qu'un bouquet noir peut faire un bouquet rose,
Dieu se montre et lui dit : —
« Avec tous tes trésors,
Je te donne un palais, —
La cage du remords,
Où tu te débattras, pendant, durant ta vie, —
Qui ne pourrira pas, tant elle est bien vernie. —

Qu'un homme abatte l'air, de son habit musqué,
Qu'il soit pris par le cóu d'un fil d'argent doré,
Qu'il se procure avec le rêve des cervelles
Une main pour sa main, des yeux pour ses prunelles;
Qu'il paie cent francs un mot,—cent louis un baiser,
Qu'il veuille amour au poids, ballot pour se charger,
Qu'en vrai jockei d'amour il l'étale sans honte,
Ne voyant point encor, de ses galons la fonte;

Qu'il aille, bouche au vent, siffler un mauvais son,
En rayant le pavé d'un petit bout de jonc;

Qu'il dise, en s'asseyant chez sa pauvre maîtresse
Qui, la rage aux pensées, lui bave une caresse :

« Tu ne veux pas de moi ? Alors je vais au bal ;
Tes enfants auront faim, tant mieux, c'est mon régal ! »

Qu'il parte en fredonnant pour secouer son ambre
Sur tout nez qui se meurt quand il parcourt la chambre ; —

I

Dieu glace son esprit, dont il a fait achat
En remuant un peu le pas de l'entrechat ;

Dieu lui tire du cœur ce sang de poésie
Qui bout si fort au bal, qui quadruple la vie ;

Dieu lui crée des pantins, au lieu d'hommes en chairs,
De ce beau jour de nuit, il n'a que des éclairs
Qui vont chercher son œil à paupières usées,
Hésitant pour s'ouvrir, de débauches trempées.

Au lieu de ces doux corps, plus doux que le duvet
Qui des anges du ciel arrondit le chevet,
Cet être palpitant, dont l'haleine nous brûle,
Et fait d'un croyant, *non,* — d'un *oui,* un incrédule,
Ces Marie de la terre aux robes de velours
Dans lesquelles se jouent de célestes amours ; —
Au lieu d'un paradis, Dieu lui degaîne un sabre
Qui lui semble apprêter une danșe macabre,
Qui fend et fouille un ventre en le laissant ouvert ;

— Son oreille n'est plus qu'à un affreux concert. —

Les gouttes de sueur ne coulent plus que rouges ;

Il se sent entouré des habitants de bouges,
Réduits sales, infects, où saute le crapaud,
Qui jette à la figure un liquide tout chaud
Quand on marche dessus, quand on broie ses vertèbres,
Et qui souffle un vent mou qui fait peur aux ténèbres ; —

I

Dieu étreint de cela ces os diamantés
Qui règlent les salons de nos grandes cités ;

Dieu tue à petit feu certains fats à dorures

En leur taillant au corps d'horribles découpures,

Parce qu'il ne veut pas qu'une femme en pleurant
Solde, avec sa pudeur, un pain pour son enfant.

Qu'un homme ait sur sa tête un chapeau qui la cache,
En couvrant ses miroirs que la fausseté tache;

Qu'il tousse sans besoin, qu'il mouche son cerveau,
Qu'il éternue si fort qu'il ébranle un carreau,
Respirant du tabac qu'il n'a jamais pu prendre,

Mais qu'il garde en un coin, comme une bonne cendre
A jeter, par le nez, dans les yeux de celui
Qui viendrait demander un service d'ami ; —
Qu'il dise : —
« Je ne peux ! »
En furetant sa poche,
Pour rompre court et net, comme lorsqu'on s'accroche ;

Que, reprenant ses sens, son calme et son aplomb
Vous accablant alors de son âme de plomb,
Il s'écrie, tout enflé d'un rien dont il s'étouffe,
Caressant sous sa main, d'un vrai toupet, la touffe : —
« Oh ! que c'est malheureux ! vous arrivez trop tard !
Je suis souvent en guerre avec un doux hasard ;

Il faut en convenir, mon étoile est infâme !

Et lorsque je m'en plains on me couvre de blâme!
On la trouve un anneau brillant vif à mon doigt!
Tandis qu'il me paraît obscur et trop étroit;

Enfin, est-on heureux, quand l'ami est en peine?
Et lorsque, pour sa vie, l'on n'a pas une veine? » —

Que cet homme d'argent à l'allure de fer,
Riant de notre Dieu avec son cœur d'enfer
Qui toujours est ciré, ou de crasse ou de rouille,
Qui ne touche jamais rien sans qu'il ne le souille ; —
Qui a ses sentiments casés dans des tiroirs,
L'un sur l'autre entassés comme gens aux parloirs ; —
Qui vous reconduit bien, en dehors de sa porte ;

Qui dit, haut : —

« Mon ami ! »

— Bas : —

« Que diable t'emporte ! »

Que cet homme, en gaîté qui lui cause un frisson ,
Soit joyeux comme un fou d'avoir été glaçon ,
D'avoir pu, sans risquer un seul de ses centimes ,
Polir de dévoûment, de sa face, les frimes ; —

Dieu l'arrête, aussitôt qu'il est rentré chez lui
En le faisant glisser sur un parquet uni ,
En écorchant son front d'une horrible manière
Sur un de ses écus qui s'est trouvé par terre

Entré dans une fente, et présentant un fil
Qui a coupé son crâne aussi bien qu'un outil :

La frayeur le saisit, cette frayeur d'avare
Qui, dans un peu de sang, voit de suite une mare
En laquelle se noie avec lui son trésor,
Qu'il aperçoit déteint, qui n'est plus couleur d'or :

L'hémorragie arrive à pas de flots de fleuve,
Apportant de la mort une certaine preuve
De sa visite pâle, et de son jour de deuil,
De sa voix qui commande, en partant, un cercueil.

Dieu l'a voulu ainsi, meublant ses cimetières

D'abord de cœurs d'argent, qui sont tous de faux frères. —

I

Qu'un homme ne croie pas à l'amour, aux vertus,
Qu'il publie que, —
« Ce sont comme des bras perclus,
Bordés de mains ridées n'entourant plus un vase,
Remuant sans agir, ainsi qu'une aile en gaze
Attachée pour voler et qui ne vole pas,
Pour qui terre est au ciel, qui a son ciel en bas,
Mais qui nous dédommage en nous faisant un rêve
Où, sans l'avoir au dos, l'élan seul nous enlève; »

Qu'il publie que, —
« L'amour est un enfant bâtard,

Et les vertus des joues doublées d'âge et de fard,
Dont chacun use un peu, s'en forgeant une armure
Pour combattre le faux qu'on porte à la figure ; »

Qu'il publie que, —
« Le monde a des regards d'airain,
Des pleurs de vert-de-gris, que recueille sa main
Pour les donner à boire à ceux qui croient à l'âme,
Et les empoisonner par du sucre de flamme; »

Qu'il publie que, —
« Le monde est un théâtre ouvert
Toujours à deux battants,—qui n'est jamais désert,
Où, pourvu que chaque homme ait une bonne place,

De criard qu'il était il se change en paillasse,
Promettant de jouer le rôle qu'on voudra,
De chanter du Piron ou des *alleluia ;*
De se rendre petit à n'avoir plus de cuisses,
Pour arriver au sein de certaines coulisses,
Pour en bien écouter les mots, en bon flatteur,
Les rapporter tout frais à son cher directeur,
Et s'il faut les tracer d'encre peu souvent noire
Qui coule sous sa peau, portative écritoire,
Il y mettra sa plume, ou de cuivre ou d'acier,
Pourvu qu'un linge d'or vienne pour l'essuyer ; »

Qu'il publie que, —
« La femme est un gros ver de vices,
Perçant par ses traînées des trous de précipices

Qui rejettent des dents qu'on nomme passions,
Mâchoires de malheur, — ou dos vifs de poissons
Reflétant des soleils, des lunes, — des bannières
Trempées d'un si beau jour qu'il éteint les lumières
Des croisées de la tête, ouvrant sous le cerveau
Dont il fait,—des plus noirs,—le plus sombre caveau ; »

Qu'il publie que, —
« Son cœur est taillé à facettes,
Dont l'éclat et la vie ressemblent aux paillettes,
Boussole indiquant mal, tournant à n'y pas voir,
Diamant à crapaud, qui ne doit rien valoir. »

Dieu ne se montre pas à cet homme profane
Qui, comme plein de vin, frapperait de sa canne,

Ici, là-bas, ailleurs, n'apercevant d'amis,
Que quelques-uns de ceux qu'il pourrait croire gris ;

Dieu se tient aux aguets, — puis, d'abord qu'il prononce
Que l'amour, les vertus, ne pèsent pas une once,
Que l'Intérêt, lui seul, a un énorme poids,
Balancé librement par les plus petits doigts, —

Dieu crée, de sa richesse, une main de poussière
Qui vient vider son coffre, et prend la place entière.
Mais bientôt à ses cris, on arrive en un jour... —
Tout est déjà refait par la main de l'amour.

Dieu veut qu'au lieu de dire à la femme son ange :

« Tes yeux sont le ruisseau, et tes larmes la fange, »
On dise : —
« Femme, il est, sur un certain chemin,
Sur celui de la vie, quelque chose sans fin;
Femme, c'est ton amour. — Ton âme est un délice,
Ta tête est une fleur, ta bouche son calice. »

VAPEUR XV.

VICTOR HUGO.

Un jour qu'on me priait de parler d'*Angelo*,
Je répondis : —
« Ce drame est de Victor Hugo ;
Et moi qui ne vaux pas la peine qu'on me nomme,
Je ne puis qu'admirer un dieu qui s'est fait homme. »

VAPEUR XVI.

UNE HEUREUSE D'AUTREFOIS.

Allez, pensez-y bien! Elle est dans une couche,
Presque nue en hiver,— et seule — et elle accouche;—
Son enfant meurt de faim avant d'entrer dehors,
Dans la vie, cette rue où se perdra son corps,
Où ses petites mains ramasseront les miettes
Du malheur, ce repas qu'on goûte sans serviettes.

Agneau d'homme et de Dieu, à qui le jour sourit,
Tu n'auras pas pour laine un seul morceau de lit. —
Qui va te recevoir, t'essuyer et te prendre,
T'empêcher de mourir ; — sur quoi vas-tu t'étendre ?
Ta mère te fera en riant, — mais après ?
Pour eux deux, mon bon Dieu, point d'utiles apprêts ;
Des soins, de la chaleur et quelqu'un qui regarde,
Qui aime à être fou et crie bas : « Prenez garde ! » —
Puis quelqu'un qui accourt plus vite que ses pieds,
Pour sauver mère-enfant qu'on lui a confiés.

Point de sucre et de vin, — la douceur et la vie,
Pas gros comme un écu de linge ou de charpie. —

Elle a dit cent trois fois :

« Voulez-vous mes cheveux ?

Je pèlerai ma tête, et vous aurez des nœuds
Que vous musquerez bien pour ces femmes rieuses
Qui dansent sans penser que des choses affreuses
Se passent sur la paille, en un coin de grenier
Où la pierre d'un toit vient faire un oreiller
Sous le crâne tout bleu d'un pauvre qui grelotte,
Dont la chair engourdie dort comme une marmotte;
Et qui souvent ne bouge au lever du soleil,
Ayant des yeux ouverts qui n'ont plus de réveil. —

Elle a dit cent trois fois :
« Dans un temps j'étais riche,
Je ne me couchais pas sur une sale niche;
J'avais toujours au corps, batiste, soie, basin, —
Le duvet pour l'hiver, et pour l'été le crin.

Je portais quelquefois des schalls de Cachemire,
Au lieu de mettre un pan que chaque pas déchire.
Mes veines bleu de ciel me faisaient une peau
Blanche comme un linceul, claire comme un ruisseau,
Au point qu'un soir au bal après la contredanse,
Lorsque chacun passant vantait mon élégance, —
Deux hommes se disaient : « Une gaze est dessus... »
Ils se trompèrent bien ; — j'avais dos et cou nus.

Quand je sortais d'un bal, je montais en berline.
Qui me traîne à présent ? C'est l'horrible vermine.
Quand j'étais de retour, des coussins, du sirop
Venaient me reposer de mes temps de galop.
A présent un grabat, de l'eau, souvent malsaine,
Ce sont là mes douceurs de toute la semaine.

C'est qu'aussi à présent, oh ! je ne danse plus ;
A quoi me serviraient les dorés superflus :
Je ne meurs que de faim ; — je peux bien ne rien dire
Et laisser les heureux s'amuser, boire et rire. —

Elle a dit cent trois fois :
« J'ai un ange en mon sein,
Charité, s'il vous plaît ! pour mon petit du pain !
Pour en avoir un peu, que faut-il que je fasse ?
Faut-il que je m'arrache un œil, pour qu'à sa place
On y mette un morceau, un seul grain d'aliment
Que je puisse avaler pour nourrir mon enfant ?
Faut-il que je m'appuie sur du fer en aiguilles
Pour déchirer ma peau et la rendre en guenilles.
Je veux bien,—mais du pain, du bois, du pain de Dieu !

Après mon enfant fait, je vous livre un essieu
Mon corps — vous portera joyeux à une fête
Et vous ramènera, comme une heureuse bête
S'il voit, à son retour, vivre, dans un berceau
Le fils de cette bête, approchant son museau
Plaintif, blanc et rosé, pour saisir la mamelle
Sans qu'il ait jamais peur de renverser l'écuelle.

Cent trois fois elle a dit : — Elle eut cent trois fois — Rien —
Monta, dans son grenier, cette somme et ce bien;
Et quand elle y entra, la charge était si forte
Qu'elle en faillit casser sa tête sur la porte.

Elle arriva, pourtant, jusqu'auprès de deux lits,
Le sien percé partout sur celui des souris. —

Pensez-y, mes bons cœurs, — ce qui d'abord la tue
C'est le froid, qui la tient, de sa langue pointue
Qui lève et redescend ces horribles transports
Que ne repoussent point les hommes les plus forts, —
Langue fine et cachée, qu'on sait à peine prendre,
Qui ne fond presque pas sous une chaude cendre.

Des montants de lucarne, avec l'air, font fracas,
La mère a oublié d'attacher leurs deux bras ; —
Maintenant qu'elle accouche, elle mourra gelée
Ne pouvant se lever pour fermer sa croisée.

Son père n'avait plus que son honneur, — il le lui laissa. Un homme vint qui lui prit tout.

VAPEUR XVII.

UN EN DEUX.

Moi,
C'est toi;
Nous, c'est toi-moi;
Nous DEUX, c'est, UNE foi;
Cœurs-de-nous, c'est, Dieu-Ciel en soi;
Si un jour, SEULE et SEUL... Enfer d'effroi!!!
Jamais! Elle est ma reine, et Moi je suis son roi.

VAPEUR XVIII.

PÈRE-MÈRE-ENFANT.

Voilà l'heure qu'il est :

Minuit parle à l'horloge, il lui dit douze mots ;
Le Silence se lève et marche sans sabots ;
Il est sorti du lit que lui fait la Journée
Et vient trouver la Nuit pour passer la veillée.

Il est seul et il dit :

J'ai du pain, j'ai du vin, j'ai un lit, une plume
Qui trace mes pensées, — un bon feu qu'on allume ;
On me sert en argent, porcelaine et cristal
Et l'on a toujours peur que je me trouve mal :
Les mets me sont choisis avec délicatesse
Sur du linge bien blanc d'une grande finesse ;
Quand je mange, valet ici, valet là-bas,
Ils viendraient volontiers pour me lever les bras.
Mes chaises, mes fauteuils, mes meubles en érable
Font un appartement que l'on dit admirable.
Mes heures enfermées dans l'albâtre ou l'airain,
Puis un tableau qui sonne imitant le lointain

(L'église de village avec son presbytère)
Me rappellent, hélas ! que je suis sur la terre ;
Que chaque petit coup de leurs petits marteaux
Les sortant une à une, — est un coup, de ciseaux
A grande gueule ouverte, à mâchoires garnies
Montrant leurs dents par quarts, ensuite par demies ; —

Le Temps est un tailleur faisant toujours un trou,
Il déchire sans cesse et jamais ne recoud. —

Je foule des tapis en superbes fourrures,
Il y a un peu d'or sur toutes mes serrures ;
Mes portes en s'ouvrant ne font pas plus de bruit
Qu'un char qui roulerait sur du coton la nuit.

Des étoffes de soie pendent à mes croisées,
Dans leurs plis ondoyants des palmes sont brochées,
Draperies (feuille-verte), et patères d'argent,
On mettait des rubis à chaque bout de gland ;
Je m'y suis opposé, j'étais fort en colère
Et j'en envoyai un, à mille et une mère.

J'ai aussi des tableaux, gravures et dessins,
Et pour la femme aimée de gracieux coussins
Où son regard se ferme, où sa tête se berce
En caressant les fleurs d'une toile de Perse.

Tout est peinture à fresque, aux murs et aux plafonds,
Attributs de musique, et chasses, et blasons ;

Je me vois entouré de science héraldique
Comme un bon gros marchand de noblesse, en boutique,
Avec cuissards, pourpoints, heaumes et corselets,
Hauberts et justaucorps, lances et gantelets,
Dagues, cimiers, brassards, rapières, espingoles,
Cuirasses, boucliers, — la Guerre et ses étoles.

J'ai des tables choisies, en marbre vert-de-mer,
Massives, d'un seul bloc, et sans griffes de fer.
Bronzes, écrans, flacons, parfums de toute espèce
Sont là pour mes beaux yeux et flattent ma paresse.

Quand la nuit est venue, j'ai mes soleils du soir
Qui ne laissent chez moi pas un petit coin noir;

Ils jettent leurs rayons sur les glaces de frêne
De mes parquets unis comme un cou de sirène.

J'ai de grandes croisées ouvrant sur un jardin
Qui m'apporte l'odeur du citron, du jasmin.
Un peu de tout y est. — Églantines, Pensées,
Grenades, Tournesols, Oranges, Giroflées,
Thym, Pavots, Gélamen, Passe-Velours, Muguet,
Tulipe, Renoncule, Amarante, Genet,
Marjolaine, Immortelle, Aubépine, Jonquille,
Pyramidale, Lis, Tubéreuse, Vanille,
Romarin, Chèvre-feuille, Œillets, Myrtes, Lilas,
Primevère, Thlaspi, Lavande, Seringas,
Belle-de-nuit, Barbeau, Capucine, Clochettes,
Marguerite, Anémone, Ananas, Violettes,

Croix-de-Jérusalem, Rizoa, Baume, Iris,
Pervenche, Dahlias, Sensitive, Soucis,
Réséda, Basilics, Damasonie, Réglisse,
Ne-m'oublie-pas, Roses, Myrtoïde, Narcisse,
Brome, Gazon d'Espagne, Améli, Boutons d'or,
Trichète, Narcissus, et enfin Tricolor.

Il est dans ce jardin quelque chose qui chante
En jouant tout autour de l'Herbe son amante, —
C'est un ruisseau bien pur, écaillé de cailloux
Qui semblent demander : « Monsieur où allez-vous ? »
Lui ne leur répond pas, les gronde sur sa route
D'être si curieux, et leur laisse le doute. —

Quand le Soleil descend de son lit de rochers,
Qu'il éclaire d'abord la pointe des clochers,

Qu'il montre sa figure à celle des Montagnes,
Que sa tête salue ses femmes, les Campagnes,
De ces mots : « Levez-vous,—brillez,—je le permets, »
Qu'il leur donne son jour, pour qu'on voie leurs corsets,
Parure sans apprêts, blanche, bleue, verte, rose,
Capable d'émouvoir l'esprit le plus morose; —
Quand le soleil éclate en tout lieu, sur tout point
Distribuant son or, selon qu'il est besoin, —
Quand Dieu le met au monde, et dirige sa course
Déliant, pour chacun, les cordons de sa bourse; —

Je suis un des premiers à qui il dit bonjour;
Aussi, — d'un bond d'éclair, — je me lève à mon tour;
Je m'élance à genoux, je regorge de vie,
Mon âme, c'est du feu, — je joins mes mains, je prie!

Après cette prière : —

O mon Dieu, aime-moi !
Ton soleil du matin me brûle de ta foi ! —
Je remue comme un fou, je cours et je m'habille
Pour aller me mouiller sur la rosée qui brille.
Quand je n'ai plus qu'à prendre et mettre mon chapeau,
Quand muni d'un bâton qui aide à passer l'eau
Ou à ne pas glisser en marchant sur la pierre,
Ou qu'on use sans but en rayant la poussière ; —
Quand enfin je me dis : — Allons, bon ! me voilà,
Je suis prêt à sortir : — On me crie : « Halte-là ! »

. . . .

Oui ! quand parfois, j'oublie que je ne suis pas libre,
Sur moi, fusils, canons, dirigent leur calibre ;
Oh ! s'ils devaient partir, j'irais bien jusqu'à eux, —
Mais j'aurais leur bourrade, et pas un de leurs feux ;

Il leur est ordonné de me garder à vue.
On m'ôte, à moi, cet air qu'on trouve dans la rue,
Cet air dont je voudrais arroser mes poumons,
Cet air qui ne va pas visiter les prisons,
Cet air qui nous rend frais et teint notre visage
Du mot de : Liberté ! au lieu de celui : Rage!

. . . .

Voilà, voilà mon sort, — enfermé pour toujours !
Je vois des fleurs, — c'est vrai, — du soleil; mais des tours
Qui sont là se dressant, droites et impassibles
Et me font sans bouger des grimaces horribles,
Avec soldats, verrous, des clefs, des ponts-levis

De ce palais le diable a tracé le devis.

Je me frappe à mourir sur ce lambris superbe

Qui ne vaut pas, dehors, le plus petit brin d'herbe.
Les oiseaux ont frayeur du géant crénelé,
Ils n'osent pas venir à l'eau dont j'ai parlé;
Leurs chansons se perdraient dans ces hautes murailles
Elevées pour des mots de mort ou de batailles;
Grande tombe de roc, garnie de fer, de bois,
D'où Dieu seul, de sortir, signifie les exploits.

N'est-ce pas que c'est beau, ce qui orne mes chambres?
Des glaces, des bougies,—des hommes d'antichambres,
Esclaves d'un moment,—libres quand ils diront :
L'ennui nous tient; payez! — Et puis ils s'en iront. —
A leur loisir, ils sont collés à une chaise,
Un peu loin de mon corps qui grille en la fournaise
Où lorsque l'on y vient pour retarder mon glas

On ne répond jamais : — Monsieur, il n'y est pas.

. . . .

Me coucher à présent ? Pourquoi donc ?

Pourquoi faire ?

Je peux ici me mordre et me tordre par terre.

. . . .

Au jour il n'est plus seul ; — Il invoquait la Mort.

La Mort a répondu oui et non : car il dort.

PÈRE ET MÈRE.

MÈRE.

Mon ami, mon ami!

PÈRE.

Qui va là? Qui m'appelle?

MÈRE.

C'est moi.

PÈRE.

Qui, toi?

MÈRE.

Tu sais... Augustine-Isabelle.

PÈRE.

Déjà levée, bien chère !

MÈRE.

Oui, je t'ai réveillé.

PÈRE.

Un doux réveil vaut mieux qu'un sommeil agité.

MÈRE.

A quoi rêvais-tu, dis ?

PÈRE.

Oh ! j'étais à la fête.

MÈRE.

Un bon sommeil ! Tant mieux !

PÈRE.

Je n'avais plus de tête.

MÈRE.

Comment ?

PÈRE.

J'étais rogné, et je marchais pourtant,
Mon corps allait derrière et ma tête devant.

MÈRE.

Tais-toi ! oh ! tais-toi donc !

PÈRE.

Laisse-moi tout te dire.

MÈRE.

Tu veux perdre un matin.

PÈRE.

Je veux te faire rire.

MÈRE.

Ami, non, je t'en prie ! Tu es fou !

PÈRE.

A peu près.
Ecoute. Cette nuit j'aperçus un abcès

Enorme, gonflé, noir, chargeant une figure
Qui jetait de côté sa brune chevelure.
Je m'avance. Et alors, je reconnais mon front,
Mes oreilles, mes yeux, ma bouche, mon menton.
Aussitôt, je portai mes deux mains à ma nuque,
Il n'y avait plus place à mettre une perruque.
Je regarde l'abcès qui crève en frémissant,
Pense qui en sortit? Devine?

MÈRE.

Notre enfant.

PÈRE.

Oui. Tu as deviné, — notre enfant. — Où est-il?

MÈRE.

Il est dans sa couchette.

PÈRE.

Ange-amour! dormait-il
Lorsque tu l'as quitté, Isabelle adorée!

T'a-t-il parlé de moi hier dans la journée ?
A-t-il eu pour nous deux ce langage enfantin
Qui marque son esprit du cachet le plus fin ;
Est-il bien gai, heureux, avant qu'ici il entre ?
Est-il bien triste aussi, lorsque sans moi il rentre ?
Allons, raconte-moi les élans de son cœur.

MÈRE.

Il m'a dit en pleurant : « Papa est donc voleur
Puisqu'il est en prison, jamais en promenade,
S'il ne va pas dehors, il en sera malade ;
Papa est donc voleur ? »

PÈRE.

Et qu'as-tu répondu ?

MÈRE.

Ce qui est, mon ami.

PÈRE.

S'il ne l'avait pas cru!

Ce serait, pour mes jours, la plus vive blessure,

J'aimerais mieux du Fer, — l'horrible flétrissure,

Mes membres en morceaux, mon corps brisé, roué,

Être couvert de boue, et même être fouetté;

La honte, la douleur, les sanglots, l'infamie!

MÈRE.

Du calme! Il a compris! Mon Dieu! Je t'en supplie!

PÈRE.

Je me reposerai, quand je serai certain

Qu'il croit la vérité. Amène-le demain,

Oh! ne viens pas sans lui!

MÈRE.

Si cela est possible.

PÈRE.

Il le faut ! il le faut ! Mon état est terrible !...
Qu'il cesse dès demain.

MÈRE.

Demain n'est pas *leur* jour.

PÈRE.

Belle comme tu es, eh bien ! fais-leur ta cour.
Pourront-ils résister? Mais, un monstre effroyable
S'il savait jusqu'au fond la pensée qui m'accable,
N'avalât-il que chair, ne bût-il que du sang,
Carnivore affamé, ses entrailles râlant
Se tairaient pour conduire et l'enfant et sa mère
Auprès de leur ami, d'un époux et d'un père.
Ceux qui veillent sur moi, sont des hommes, — ainsi...

MÈRE.

Tu nous reverras deux, lui et moi, — oui ! oh! oui!

PÈRE.

Je me sens bien, alors que ta voix caressante
Embaumée de l'espoir, de passion mourante
Épanche, en tout mon cœur, des flocons doux et purs,
Elle me rend la vie, — elle abat ces grands murs
Qui ne paraissent plus à mes yeux, que de voiles
Enflées pour m'emporter sur mer, sous les étoiles.

Tu sais qu'ILS ont permis, à nous très hautes gens,
De domaines en or, de fortune puissants, —
Qu'ils ont voulu pour nous, exception à règle,
Pour nous qui ne mangeons jamais du pain de seigle,
Tu sais qu'ils ont voulu qu'un luxe oriental
Vînt adoucir du moins leur arrêt si fatal;
Tu sais qu'ils ont permis que ma prison fût belle,

Qu'on mît un bonnet jeune à une femme vieille; —

Eh bien! je remercie à leur bonne action
Qui m'a fait dépenser un demi-million.
J'habite grâce à eux en un château de prince
Délaissant son palais pour l'air de la province.

Et puis, quand tu es là, je suis en liberté,
Car tout ce qui me lie, me semble garrotté.

MÈRE.

Cher aimé de mon âme à qui ta quiétude
Apporte le sourire et la béatitude,
Faut-il donc que tu sois enfermé pour toujours?

PÈRE.

Oui. Mais qui me protége? oh! de saintes amours,

Approche-toi de moi, donne-moi ta main blanche...

MÈRE.

Je veux venir ici demeurer.

PÈRE.

Es-tu franche ?

MÈRE.

Tu te moques, mais Dieu juste, te punira.
Ta volonté de fer, — Dieu bon la brisera.

PÈRE.

Tu es belle vraiment !

MÈRE.

Tu te ris de mes larmes,
Je n'ai pu, jusqu'alors, toucher, briser tes armes;
La liberté, sans toi, c'est l'esclavage amer,
C'est, hélas ! être seule au milieu d'un désert.
Je ne t'écoute plus.

PÈRE.

Et notre fils ?

MÈRE.

Qu'importe?
On n'empêchera pas qu'il s'amuse à la porte.

PÈRE.

Mais, Eux permettront-ils ?

MÈRE.

Oui, quand je leur crierai
Qu'il faut qu'on m'emprisonne ou bien que je mourrai.—
Je ne te quitte plus. Je m'attache à ton être
Autant que ces barreaux qui gardent ta fenêtre;
Je veux à chaque instant te voir, le jour, la nuit,
Ne dormir qu'au réveil, de toi, de mon Petit
Ou de notre Ange-Amour, ainsi que tu l'appelles ;
Dans ton sommeil, nous deux, je veux que tu nous mêles ;

Je veux être vers toi pour recueillir soudain
La parole brûlante échappée de ton sein.
Je ne te quitte plus. Va, tu auras beau faire,
Il faut que Lui, Toi, Moi, — ici, on nous enterre;
On mettra notre fils couché entre nous deux,
Et mon front sur ton front, et mes yeux sur tes yeux.

PÈRE.

Je t'aime. Oui. C'est assez. Tu es une puissance
Qui n'admet pas le Non, ce mot de résistance;
Eh bien! ne pleure pas! Je me rends! Je me rends!
Demandes-tu ma vie? Oh! je te dirai: « Prends!
Quand je te touche, eh bien, mon corps entier palpite,
Il est saisi, de froid, et de chaleur subite.
Oh! donne ce regard qui me prenne le cœur
Aussi vite qu'un nez est pris par une odeur,
Qu'il jaillisse sur moi, en bienfaisante douche!

Car je suis presque fou. — Je veux boire à ta bouche

. . . .

Ils se sont endormis.

PÈRE-MÈRE-ENFANT.

PÈRE.

Vous voilà ! c'est bien vous ! tous deux au jour naissant!
Vous, mon corps ! vous, mon cœur ! ma femme ! mon enfant!
Ma Clarté ! mon Soleil ! ma joie ! mon espérance !
Mes rêves ! ma patrie ! mon air, mon Ciel, ma France !
Vous, mes âmes de Dieu ! J'ai peur de me tromper...

ENFANT.

Oh non, Papa ! C'est nous, pour ne plus te laisser ;
Nous jouerons dans tes mains, sur tes genoux...

PÈRE.

Cher Ange !

ENFANT.

Et quand maman et toi, vous voudrez que je mange,
Vous mangerez d'abord.

PÈRE.

Cher bijou !

MÈRE.

Cher Petit !

ENFANT.

Et quand vous dormirez, je me mettrai au lit.
Je vous embrasserai quand j'aurai été sage,
N'est-ce pas ?

PÈRE.

Oui, mon fils.

ENFANT.

Je suis grand pour mon âge,
Un monsieur me l'a dit.

PÈRE.

Écoute, mon Amour.
Nous allons vivre ici, nous trois, dans cette tour.

Tu auras, pour sauter et courir, peu d'espace...

ENFANT.

Oh ! c'est bien long, Papa, — Regarde dans la glace !

PÈRE.

Pauvre enfant !

MÈRE.

Pauvre ami !

ENFANT.

Je ne vois pas de fin.

PÈRE.

Oui, mais on n'y va pas ; la route est sans chemin.

MÈRE.

Entends-tu ?

PÈRE.

Comprends-tu ? — Chère, toujours tu parles.

MÈRE.

Au contraire, c'est toi ;—N'est-ce pas vrai, mon Charles?

ENFANT.

Oui, Maman, c'est Papa.

PÈRE.

Charles, viens près de moi.

Tu as donc pensé, cru...

MÈRE.

Et ne mens pas.

ENFANT.

Pourquoi?

PÈRE.

Que j'étais un voleur, privé de promenade,

Privé de l'air des champs... Que je serais malade.

Te le rappelles-tu?

ENFANT.

Oh ! non, Papa ! oh ! non.

PÈRE.

Ne mens pas. Tu l'as cru.

ENFANT.

Un peu... pardon ! pardon !

PÈRE.

Oui, oui ! Mais à présent?

ENFANT.

A présent, mon bon père,
Ne crois plus que je crois ; oh ! jamais !

PÈRE.

Je l'espère.

ENFANT.

Moi je ne savais pas ; Maman m'a expliqué, —
Toi, tu pensais bien faire, et l'on t'a enfermé.

PÈRE.

Notre histoire, à nous trois, n'est point à ta portée,

Je te la conterai plus tard.

ENFANT.

Dans la journée?

PÈRE.

Quand tu auras encore une dizaine d'ans.

Quand tu ne mettras plus...

ENFANT.

Des culottes d'enfants ?

PÈRE.

Oui.

ENFANT.

Le bon Dieu pourrait me grandir tout de suite;

Je vais lui réciter ma prière, bien vite!

PÈRE.

Vous doutez donc toujours de ce que dit Papa ?

ENFANT.

Ce serait...

MÈRE.

Pour sentir autrement ce qu'il *a*,

N'est-ce-pas, mon ami ?

ENFANT.

Mais... oui, Maman... Je pleure...

PÈRE.

Pourquoi ?

ENFANT.

Tu m'as dit *vous*... j'aime mieux lire une heure.

PÈRE.

Non ! Eh bien ! plus ! jamais !

ENFANT.

Oh! Papa! plus de *vous*
Je t'en prie! Du pain sec à manger à genoux
Si tu veux; mais...

PÈRE.

Petit, ta chevelure est blonde,
Oh! quelle belle boucle! et comme elle est bien ronde!
Il semble, en la prenant, voir une monnaie d'or
Tremblante dans son moule, et dépassant son bord;
Elle coule à longs flots sur ma main qui la presse,
Pour inonder mes doigts d'une douce caresse. —
Petit, ta jambe est faite en gracieux fuseau
Sous une chair de soie, sous des pattes d'oiseau.
Tu as eu pour parrain un ange, à ta naissance,
Qui t'a donné son nom avec sa ressemblance. —
Isabelle, Marie-la-Vierge, c'est ta sœur.

MÈRE.

N'aie pas cette pensée, — parole de malheur!
Marie du Ciel de Dieu, n'a point de sœur ni frère,
Nous sommes ses enfants.

PÈRE.

Alors elle est ta mère. —

MÈRE.

Il faut partir, ami! Le marteau du clocher
Va frémir onze fois... je l'entends se lever...
Écoute cette voix qui se casse et qui tremble...

PÈRE.

C'est lui! Embrassons-nous! Là! Bien! Nous trois ensemble.

. . . .

Allez vous deux! Bientôt nous serons réunis;
Je verrai, nous verrons baisser le pont-levis,

Pour enfermer trois corps, on remuera ses chaînes,
Nous touchons à janvier...

ENFANT.

Ce sera nos étrennes.

SEUL.

Ils ne l'ont pas voulu, croyez si vous pouvez ;
J'ai prié, supplié, j'ai bien pleuré, allez.
Et j'ai fait ce qu'un homme a de la peine à faire ;
Je me suis écorché les genoux sur la terre
En me traînant petit, humble, en double plié,
Un seul de leur regard ne m'a pas ramassé.
Je criais comme un fou : Mais, mon Dieu, c'est ma femme
Et mon enfant... Pourquoi ?... vous craignez donc leur âme ?
Mais il me faut Eux Deux... puisqu'ils veulent mourir,
Puisqu'ils veulent, mon Dieu ! laissez-les donc souffrir !

Donnez-nous, pour nous Trois, un cachot noir, humide,
Qui nous teigne les joues d'une couleur livide,
Qui nous fasse tousser, qui ronge nos cheveux,
Qui nous étouffe enfin, qui éteigne nos yeux.
Envoyez, pour deux jours, rien qu'un pain d'une livre;
Couvrez-nous en hiver, ou de glace, ou de givre;
Ne changez notre paille, en cinq ans, qu'une fois;
Apportez-nous de l'eau, seulement tous les mois;
Corrompez, n'ouvrez pas notre prison malsaine; —
Mais en saignant trois corps, ne fendez qu'une veine!

. . . .

Ils ont tous écouté; ils ont tout entendu,
Disant : Cet homme est fou, c'est un homme perdu.

. . . . —

A cet instant, de larges pleurs coulent, de ses yeux fixes, dans sa barbe. Minuit parle encore; lui se roule et répond :

Je serai donc toujours dans un cercueil de pierre
A gratter comme un rat dans une souricière ?
Oh ! je voudrais ma vie pendue à un poteau
Ou bien porter ma tête à couper au Couteau.

. . . .

VAPEUR XIX.

LA FILLE DU BANC.

Croyez-moi bien !

Oh ! je l'ai rencontrée

Et mourante et parée

Comme une étoile, le matin.

Elle alla près d'un banc, et fut bientôt assise,
Et je vis, sous ses yeux, des pommettes-cerise
Si foncées en rougeur
Que, foi de Dieu ! j'en eus frayeur.
Son grand regard
Se jeta sur mon âme,
Il y mit feu et flamme,
Il était si tendre au hasard !
Son haleine entourée de sa bouche haletante
M'arrivait sur le cœur, — je la sentais brûlante.... —
O cent fois belle enfant !
A mon tour, tu me fis mourant.

Ses blonds cheveux
Comme de l'or qui coule

S'étend ou forme boule,
Allaient au vent, fins et soyeux.
Alors il me sembla respirer quelque chose
De plus doux qu'un soupir d'une feuille de rose,
Sa tête m'apportait
Le parfum dont l'air s'enivrait.

Sur le cou blanc
De la pâle pauvrette,
Cinq rangs de mignonnette
S'agitaient gracieusement.
Elle les regardait d'un œil qui voulait dire :
« Je vous vois vivre, vous, —un souffle vous fait rire, »
Et mes lèvres, à moi,
C'est du marbre avec tout son froid.

Elle aperçut
Que je fixais son ombre,
Elle en devint plus sombre, —
Quel choc, hélas! mon cœur reçut.
Fallait-il me cacher, ou fuir d'un pas rapide?
Oh! certainement non! et mon être timide
Hardiment se dressa,
Et vers la jeune enfant marcha.

Vous qui lisez
Mes mots finis en rime,
Vous eussiez fait ce crime,
Cet écart, comme vous voudrez;
Car vous auriez pensé: « Toujours l'esprit travaille
Pour perdre un faible corps, l'écraser de sa taille,»

Barrons-lui le chemin
Par un détour, où gauche où fin.

Je fus privé
D'abord d'une harangue;
Je n'avais plus de langue
Et mon palais était glacé.
Un flux de sang sautait dans ma tête, à ma gorge,
Mon visage bouillait, comme au feu d'une forge, —
Puis, je me trébuchai,
Mais juste au banc, je m'appuyai.

Alors j'eus l'air
D'un homme qui arrive
Malgré lui, sur la rive;

Battu, — trompé par un éclair.
Rien que cet incident fit palpiter la belle,
Sa bouche souffla mieux, — et plus d'une étincelle
Allumèrent ses cils,
Et vinrent arquer ses sourcils.

Et aussitôt
Que, — deux — nous nous touchâmes,
Nous sentîmes nos âmes
Arrêtées par un même saut.
Ainsi déjà, pour nous, un frémissant silence
Epanchait vivement sa plus pure éloquence,
Et nous nous comprenions
Sans nous fatiguer les poumons.

Devinez qui

Entama ce langage,
Qui se noie, — tout en nage
D'avoir voulu sauver son cri?
Ce fut la jeune fille, au front uni, superbe,
Abrité, couronné par une molle gerbe;
Jouant, jouant encor,
Sans nul *épi* et couleur d'or.

« Monsieur... hélas
Vous vous trompez peut-être...
Je suis seule, et sans maître...
Personne n'a guidé mes pas.
J'ai voulu du soleil, de l'air, de la verdure,
Pour ranimer en moi ce qui meurt, — la nature, » —
Car la faux des moissons

Va couper l'herbe, et mes talons.

. . . . .

«C'est un oiseau
Qui, je crois, là-bas, chante,
Sous les feuilles, sa tente,
Ou, n'est-ce que la voix de l'eau?
Eh bien! monsieur, — pour moi, plus de bruit de fontaine,
Plus de sons languissants d'une fauvette en peine!
Étoiles, et beau soir
Je ne dois plus longtemps vous voir.

«Près de quitter
Les fleurs de mon parterre,
Ma musique, — et ma mère,
Pourquoi craindrais-je de parler,

A vous qui êtes là, qui aussi êtes pâle, —
Pourquoi ne pas songer au voyage sans malle,
Au chemin qu'on parcourt
Sans savoir s'il est long ou court.

« Voyez un peu
Toute la flétrissure
Qui ternit ma figure
En faisant à mes joues du feu.
Regardez bien mes yeux..., ils rentrent dans ma tête,
Et chacun de mes doigts est sec comme une arête;
Je n'ai plus que des os
Et je marche en baissant le dos.

« Dieu, dans son Ciel,

Près de lui, me convie ;
Il veut placer ma vie
Sous d'autres rayons de Soleil.
Il donnera ma main à celle de mon frère
Qui est mort à vingt ans, en juin, l'année dernière,
Précédé de ma sœur
Dont ma mère a gardé le cœur.

« Pardon ! pardon,
Monsieur ! pour mes paroles ;
« C'est la folle des folles, »
Si l'on m'entendait, dirait-on ;
Mais j'ai compris d'abord, à votre vue subite,
Que je pouvais parler à votre âme, de suite. —
Comme on mange un fruit mûr,

Il nous fait bien, c'est presque sûr.

«Plaisirs perdus !
Je pinçais de la harpe,
Mais la corde m'échappe
Nonchalante, ne vibrant plus.
Adieu mes jolis airs, qui mettaient tout en larmes,
Car je pleurais, monsieur; ils avaient tant de charmes,
O mes airs, mes accords !
Plus de vous..., — le chant pour les morts.

« J'avais planté
De mes mains, — dans la mousse,
Un oranger qui pousse,

Que j'espérais donner l'été,
Dans un an, jour pour jour, à ma mère qui m'aime.
Je m'en réjouissais..., je le soigne moi-même,
C'est mon petit enfant;
J'aurai vécu qu'il sera grand.

« Vous pleurez, vous!
Sans m'avoir jamais vue,
De nous, ici, connue
Aujourd'hui, — ce moment m'est doux.
Ne me méprisez pas, car bientôt je succombe;
On doit permettre au moins à celle, dont la tombe
Se prépare à s'ouvrir,
De goûter un peu de plaisir.

« Mais, je l'entends,

Ce sourd bruit qui résonne,
Qui n'épargne personne,
Le cercueil, ses clous, — et je sens
L'odeur de l'encensoir qu'on emplit et qui fume,
Et je vois les bougies dont la mèche s'allume,
Le drap blanc, et la croix
Et les chantres à grosse voix.

« Dans une tour
Où la cloche s'ébranle,
Les sonneurs, tous en branle,
Agiteront mon dernier jour,
Et puis l'on oubliera que, par Dieu, je fus droite,
Lorsqu'on m'aura couchée dans cette chambre étroite,
Ce carré long et noir
Où l'on a ni matin, ni soir.

O Jésus bon !

O grande sainte Vierge !

A peine ai-je eu le cierge

De première communion,

Qu'il faut mourir, mon Dieu... Mourir ! laisser la vie !

Est-ce donc vrai, monsieur...?—Ah ! ma gorge le crie...

Elle se rétrécit...

Oh !.. oh!.:. j''étouffe... oh! Jésus-Christ...! »

. . . .

—Elle tombait

Sur moi, dont le délire

Ne trouva rien à dire

Lorsque sa mère, à nous venait... —

La mère, échevelée d'une façon étrange,

Semblait être un démon qui vient saisir un ange ;
Elle avait dans les yeux
L'inquiétude et tous ses feux.

L'ange en mes bras, —
Il advint par son diable
Une scène incroyable
Que je ne raconterai pas. —
Oh ! je les secourus ; je leur servis d'escorte,
L'une était presque folle, et l'autre presque morte, —
Et quand je les quittai,
Je ne sais pas où je passai.

. . . .

Croyez-moi bien ;

Je les ai rencontrées
Trois mois après, portées
Dans une boîte de sapin.
On allait les glisser sous un peu de charmille
Où reposaient déjà les os de leur famille.
— Pour eux, Vie se montra;
La Mort bondit, et l'étrangla.

VAPEUR XX.

ELLE.

Est-ce bien vrai, dis-moi? est-ce toi que je touche?
Est-ce toi qui me dis : — Je t'aime, — avec ta bouche?
Sont-ce bien tes cheveux qui me font frissonner
En parfumant de l'air ce qu'on en peut goûter?
Est-ce toi qui m'entends, qui comprends ma parole,
Qui viens mêler mon souffle à ton souffle qui vole?

Est-ce bien ton regard qui est devant le mien?
Es-tu toute pour moi, et pour le monde rien?
Sont-ce bien nos deux mains, nos doigts qui se caressent?
Elles fondent crispées, — en délire ils se pressent.

Je t'ai donc là ce soir! — Heure de volupté,
Tu sonnes notre amour et notre liberté!
Amante de soleil, tu jettes ta poitrine
Sur mon cœur enivré que ton âme illumine.
O joie! quel paradis répand ses flots sur nous,
Son délire d'amour nous rendra bientôt fous.

Oh! mais sens-tu?... Peux-tu respirer à ton aise
Sous nos bouches lançant des flammes de fournaise?
Sens-tu cet abandon qui nous donne la mort,

Cette mort à longs feux, — cette mer sans un bord
Qui noie dans ses replis, entraîne en son abîme
Et crée dans un néant la vie la plus sublime.

Toi, mon être du ciel, qui montres à aimer,
Tu es faite par Dieu, et j'ose te toucher!
J'ose entendre ta voix qui baise mon oreille,
Ta voix plus douce, ô Dieu, que du sucre d'abeille.

Tu veux bien partager tous mes frémissements
Qui palpitent sur toi, qui brûlent mon encens;
Tu veux et tu voudras, n'est-ce pas, mon archange?
Oh! merci, mon bien cher, mon joli petit ange.

(Minuit moins trois minutes.)

VAPEUR XXI.

BRISE.

Oh! ma brise du soir
Viens à moi caressante,
Avec ta voix mourante
Souffle-moi de l'espoir.

Espérer ! espérer !

Ce mot va dans nos veines
Pour y couper nos peines
Et puis cicatriser ;

C'est un large soleil
Qui couvre et fait éclore
Dans la nuit, une aurore : —
C'est un rêve vermeil ; —

Les étoiles des Cieux,
Ces diamants du Père,
Aussi ceux de la Mère,
Ne scintillent pas mieux.

Oh! oui! l'homme a besoin
De ce mot, ESPÉRANCE;
Il en fait sa balance
Et se pèse de loin;

Il se sent enlevé
Alors comme une plume,
Et ne voit dans la brune
Qu'un horizon doré.

Le ruisseau qui s'en va
Nous donne une tristesse;
Qu'on espère sans cesse,
On croit qu'il reviendra.

On croit à l'Amitié,
Aux choses de ce monde,
Et la joie comme l'onde
Coule avec pureté.

Nous croyons à l'Amour,
Ce médecin malade,
Du cœur cette charade
Non sue jusqu'à ce jour.

Nous pensons bien que Dieu
S'occupe de la Terre,
Et que ceux qu'on enterre
Vont tous en son saint lieu.

Nous pensons que les bois,
Les bois à tête verte,
L'auront toujours couverte
De même chaque mois.

Un mort doit revenir
Suivánt une pensée
Que notre âme attristée
Garde en son souvenir ;

Si l'on ne croyait pas
Se revoir et s'entendre,
S'embrasser et se prendre,
Et s'enlacer les bras ; —

Le monde aurait bientôt
Une face livide,
Son corps deviendrait vide,
Maigre de bas en haut.

Quelques corps, quelques pieds
Se remueraient encore
Sur la tombe sonore,
Ou d'autres décharnés
Crieraient :

Sans une foi,
Homme, Femme, Enfant ivre,
Vous ne pouvez pas vivre,
Mourez! voilà la loi.

Oh! ma brise du soir,
Viens à moi caressante,
Avec ta voix mourante
Souffle-moi de l'espoir.

VAPEUR XXII.

LE BOUT DU MONDE.

Il pleuvait, — et pourtant
Malgré l'horrible vent
Qui déchaînait son aile
Sur la verdure frêle
A la fin de ses jours,
Sur la feuille mouvante,

Mouillée et jaunissante,
Nous marchâmes toujours.

Partout le ciel jetait
De l'eau qui dévastait
Les malheureuses vignes, —
Autant que si des cygnes,
Entr'ouvrant leur gosier,
Eussent crié : « Misère ! »
Et qu'après leur prière
Ils eussent pu plonger.

Malgré tout nous allions
A travers les vallons,

Où donc? — *au bout du monde*[1]!

Pensée vide et profonde,—

Mais bien vraie pour ce lieu

Où la mousse verdâtre

Croît au rocher noirâtre,

Bel ouvrage de Dieu.

Nous sommes sans soleil,

Tout est mort, — sans réveil, —

Excepté la cascade

Qui roule avec saccade

Sa voix et son ruisseau.

Oh! quel ciel la recouvre!

(1) A une lieue de Besançon.

A chaque instant il s'ouvre
Et vient tacher son eau.

Si ce sauvage lieu
Avait de cet air bleu
Qui baigne notre vue,
Qui tient notre âme émue
Par sa douce clarté;
Si l'eau était dorée,
Limpide ou argentée, —
Ce serait volupté,

Volupté d'être là
Sans rien voir au-delà

D'un ciel et d'un murmure, —
Puis rosée et verdure
Au lever du matin.
Quel frais pour la pensée,
Si notre âme est fanée,
De croire à une fin!

Oh! mais il a son jour
De beauté et d'amour,
Cet endroit solitaire
Où l'on oublie la terre,
Ce qu'elle a de joyeux;
Dieu lui crée son étoile,
Et la Lune son voile
Et le Jour ses beaux feux.

L'oiseau vient y chanter,

Puis boire et s'y mirer

Dans des moments de fête ; —

Et de l'herbe y est faite

Pour asseoir les amours.

Là, une femme aimée

Tendrement regardée,

Double ce mot : — Toujours! —

Mais le vent vient frémir,

Et d'un froid noir rougir

Nos mains, notre visage,

Amie, vite au village

Chauffer tes petits pieds.

Retournons à la route
De ce monde où l'on doute,
Car nous sommes gelés.

VAPEUR XXIII.

OH! QUE LE SOIR EST BEAU.

Oh ! que le soir est beau, lorsque la voute immense
Couvre de ses parfums celle ou celui qui pense ;
Lorsque tout un côté du Ciel jette du feu ,
Quand du jour qui luisait, il n'en reste qu'un peu,
Quand le Soleil répand sa couleur jaune-orange,
Quand pour nous caresser un petit vent s'arrange,

Quand le roseau du lac ne veut que s'amuser
Avec l'eau qui s'endort et qu'il va becqueter;
Quand la mousse du roc appelle la rosée
Pour rafraîchir un peu sa face calcinée,
Quand l'oiseau vient s'abattre et pousser un soupir,
Quand l'*Angelus* nous dit que l'homme va mourir
De la mort du sommeil qui embaume ses plaies
Quand le jour corps et cœurs sont traînés sur des claies,
Et que Dieu prend pitié du malheureux souffrant
Et lui sèche ses pleurs, de sa voix le berçant.

Oh! que le soir est beau, quand de loin la clochette
Apporte un tintement qui joue *à la Cachette*
De vallée en vallée sous le cou des moutons
Qui las d'herbe et de jour, regagnent les maisons

Se frottant, se battant, culbutant pêle-mêle
Sur le petit agneau qui tétait, et qui bêle
Du choc, du contre-coup, du mal qu'on lui a fait
Maudissant bien les jeux qui lui ôtent son lait.

Oh ! que le soir est beau, lorsque dans la verdure
Il y a de ces feux qu'allume la nature,
Espérance de nuit qui brille à notre cœur
Et vient en l'éclairant éteindre son malheur,
L'adoucir, le baiser de sa langue de flamme
Et relever les plis qui écrasent notre âme ; —
Étincelle du Ciel qui dit en se mourant :
« Vous n'espérez donc plus ? Vous êtes un enfant ;
Si je meurs aussitôt que je suis à la vie,
Aussitôt je renais parmi l'herbe fleurie

Dans des buissons verdis, dans les champs, dans les bois,
Croyez en Dieu, en vous — mon feu, c'est une voix. »

Oh! que le soir est beau quand sa vague lumière
Donne à tout ce qui passe une forme étrangère ;
Quand l'homme trace une ombre allant à l'infini ;
Quand le plus beau visage a l'air d'être terni ;
Quand le monde s'en va descendre dans sa tombe
Pour attendre le jour où sans cesse il succombe ;
Quand ce monde se cache, enveloppant son corps
Sur qui la foi trompée déchaîne ses recors,
Qui ne trouvent jamais qu'un épais barbouillage
De vertus emmêlées qui lui barrent passage.

Oh ! oui, le soir est beau, quand la lune en grand rond

Se détache si bien de son large plafond,
Et lance tous ses traits dans un miroir qui coule
Ainsi qu'un écu neuf qui dans une main roule, —
Sans qu'il quitte la main, sans qu'elle suive l'eau
Presque fixe étalant son magique réseau,
Voile si blanc, si pur, qui va dans les églises
Réjouir les tableaux et argenter les frises.

Oh! que le soir est beau, lorsque sur un rocher
On voit bien près du Ciel une feuille voler,
Une feuille isolée qui remplie de mystère,
Entraînée par le vent n'a plus ni sœur ni mère,
Qui tourne, se remue, bruit étrangement,
Et roulée sur la pierre a son mugissement, —
Plainte d'un malheureux que souvent on élève

Pour que sa liberté perde toute sa sève.
Oh! que le soir est beau, lorsque vers l'horizon
Il se trouve un nuage en forme de balon
Qui s'enfle, se grossit, s'étend et se colore,
Nous apportant sa voix et grondeuse et sonore
Qui effraie les enfants, parle aux infortunés
Qui ont foi dans les cris par les cieux envoyés,
Ils croient tranquillement à leur bonne venue
Pour dévorer le bec, le long cou de la grue
Qu'on appelle malheur et qui fouille nos flancs
Jusqu'à ce qu'il n'y ait presque plus rien dedans.

Oh! que le soir est beau, le soir d'une journée
Que par un chaud été, le soleil a fanée.

Oh! que le soir est beau quand son souffle d'amour

Quand sa brise aux cent fleurs vient à la mort du jour,
Et que sur notre bras, un autre bras de femme
Prend et presse les plis et replis de notre âme
Pour n'en bien retirer qu'un silence brûlant
Qui nous parcourt en vie et nous laisse mourant.
Lorsque des yeux sont beaux et qu'ils sont face à face,
S'épuisant du regard sans bouger de leur place,
Quand l'haleine d'un homme arrose de son feu
Les lèvres de son Cœur, la bouche de son Dieu ;

Quand tout cela se passe au Soleil qui se cache,
Quand tout est dit et fait sans que nul ne le sache,
Qu'il n'y a qu'un témoin, — le bon père éternel

Qui prête son boudoir — son herbe et son beau Ciel ;
Oh ! le soir est superbe et sa joie nous inonde.

Le Soir est un baiser du Jour donné au monde.

VAPEUR XXIV.

MON VIOLON.

Ami, je t'aime! — Oh oui! — Oh bien! — Oh pour toujours!
Toi dont les membres sont posés dans du velours,
Etalant leur vernis si beau, si magnifique,
Qu'il semble que je vois un mirage d'Afrique,

Eblouissant mes yeux et captivant mes sens,
De l'admiration devant avoir l'encens. —

Que ta volute est belle ! — Et que ta touche noire
Est bien aussi polie que dedans un ciboire. —
Ton manche gracieux, superbement veiné,
Paraît être un pli d'eau qui sous le vent est né.
Et puis ton chevalet observant des distances
Aussi justes que poids qui pèse en des balances,
Vis-à-vis ton silet qui, avec lui d'accord,
Lui laisse le milieu et reste sur le bord.
Derrière ce dernier, tes chevilles d'ébène
Préparent noblement des sons la vaste arène
Où lutte le dièse et bécarre et bémol,
Depuis le mi d'en haut, jusque d'en bas le sol. —

Je m'extasie devant tes éclisses bombées,
Devant tes deux ouïes qui sont si bien percées;
Et devant ta tirette — et devant ton bouton
Si bien fait pour son trou, si bien tourné, si rond:
Et encore devant ta table d'harmonie
Couverte de ces mots qui nourrissent la vie;
Devant toi conservé si bien dessous, dessus,
Je m'écrie tout muet: beau Stradivarius!

Bel instrument donné par bonté de mon père,
Je te néglige un peu, — mais ne sois pas sévère,
Va, je te reprendrai bientôt avec vigueur,
Mais, par malheur pour moi, ce n'est pas ton bonheur
De vibrer sous mes doigts, de caresser le vide,
D'élancer tes soupirs dont mon âme est avide;

Pour toi, je suis petit, atome, mirmidon,
Je suis comme une balle au cou d'un gros canon.
Indigne de ta voix, indigne de ta vue,
Quand je saisis ton corps, hélas ! je sens qu'il sue.
De pitié pour mon bras, de pitié pour mes doigts,
Ton langage est du ciel, — le mien s'entend au bois,
Celui que je lui prête et qui presque est sauvage ; —
Te laisser pour jamais serait peut-être sage,
Je veux dire que rien n'est pur, ni positif,
Ni stable et continu comme le teint d'un if.
Pourtant, né Bourguignon, je suis enfant de Beaune
Du pays où l'on a les oreilles d'une aune;
Pourtant j'ai écouté le bon maître Jorot,
Et plus tard j'ai osé jouer devant Baillot.
Sous les soins de Baillot, de Baillot le sublime!
Oh ! mon Dieu, j'étais fou, pardonnez-moi mon crime

Comme il le pardonna, avec ses yeux si doux,
O bon monsieur Baillot! quand nous reverrons-nous?

Ce n'est pas toutefois que mon oreille usée
S'engraisse de douleurs, d'oreille déchirée;
On m'a dit quelque jour que je *faisais plaisir*,
Mais je crois bien qu'on a voulu rire à loisir;
Quand on me flatte ainsi, croyant me satisfaire,
On me donne un soufflet qui me force à me taire.
Je sais ce que je puis, peu de chose vraiment;
Me défier de moi, voilà mon seul talent.
N'allez pas supposer que je me sens l'envie,
De gonfler un orgueil sous une modestie,
De dire : — Applaudissez, et moi je sifflerai;
Recousez le manteau que je déchirerai;

Replâtrez-moi mes joues qu'à bon plaisir je creuse,
Pour que ma peau n'en soit que plus fine et soyeuse.
Crêpez bien mes cheveux que je veux défriser,
Que j'arrache un moment pour les mieux replanter :

Non, non ; la vérité, ce sera la bannière
Que portera mon cœur pendant sa vie entière.
Croyez à mon serment ; si parfois j'ai menti,
C'est que l'honneur lui-même acceptait le défi.

Mais, mon cher violon, mon âme avec ton âme
Que je n'oublie pas plus que celle d'une femme,
Ces deux voix ont pleuré des chagrins, des douceurs,
Et fait souvent du miel en broyant des douleurs

Elles se sont unies, comprises, épanchées,
Ainsi que deux statues dans un seul bloc taillées ;
Mes souvenirs d'enfant, mes joies et leur reflet,
Tout cela vit encor sous les crins d'un archet.
Souvent je reconnais dans un son une feuille,
Une branche, une fleur du joli chèvre-feuille
Sous lequel mon bon père, assis matin et soir,
Lisait, prenait de l'air, regardait sans y voir
En songeant vaguement au bonheur de sa fille,
A celui de son fils, ses pensées, sa famille. —
Venez, répétait-il quand nous étions enfants,
Pendez-vous à mes bras, mes petits moutons blancs.

Une note pour moi c'est souvent la rivière
Où je jetais ma ligne en pêcheur de misère,

Ne retirant de l'eau qu'un malheureux goujon
Que le hasard mettait après mon hameçon.

Dans un accent bémol, j'aperçois la prairie
Où mon jeune âge allait cueillir la rêverie.

Dans un dièse plein je me sens au soleil,
(La lumière de Dieu qui dore le réveil,)
Lorsque je descendais, tout chaud, de ma couchette
Pour courir dans les bois me faire une chambrette.

Dans un ton naturel je vois de l'eau couler
Sur le sable, à travers l'herbe, sans murmurer.

Enfin, mon violon, quand doublement tu chantes
A remplir, à combler les plus légères fentes
De tes accords nourris, si purs, si gracieux,
Que vraiment quelquefois j'en devins amoureux, —
Il m'apparaît alors mille oiseaux de passage
Jouant sur les roseaux et mirant leur plumage
Avec doux frôlement, avec tendres chansons
Caressant les échos, parfumant les buissons.
Quand ton harmonica donne à l'air de ses perles
Qui approchent des sons que l'on apprend aux merles;
Quand l'inspiration éclate dans tout toi,
Quand, pour te savourer, mon être se tient coi;

Lorsque, pétrifié, je laisse ouvrir ma bouche
Qui ne remuerait pas, piquée par une mouche; —

Je brûle, je frissonne, et quand je peux, je dis :
Mon bon père m'a fait cadeau d'un paradis. —

Mais tous ces souvenirs que j'écris à cette heure,
Si je les ai créés, je veux bien que je meure ;
Ce serait railler trop. Quelqu'un me les donna ;
Ils sont presque perdus, car Baillot n'est plus là ;
Baillot qui voulut bien me donner cette fête
D'essayer mon ami des pieds jusqu'à la tête.

Beau Stradivarius, si j'ai besoin de pain
Pour le jour, pour la veille, ou pour le lendemain,
Je me réserverai, s'il faut jamais te vendre,
Ton corps pour m'enterrer, tes cordes pour me pendre.

VAPEUR XXV.

OMBRE D'OMBRE.

L'homme pleure,

Et s'endort

Comme l'heure

Pour un mort;

Comme étoile
En la nuit,
Est sans voile
Après bruit. —

L'oiseau chante
Avec feu
Son amante,
Son bon Dieu.

Et l'eau coule
Doucement,
Se déroule
Vaguement.

Et la lune
En chemin,
La fortune
Du chagrin,

Nous fait face,
Va au cœur ;
C'est la glace
Du penseur. —

La nature
En soupirs
Ne murmure
Que désirs.

Toi, mon âme,

Que veux-tu ? —

Une femme

La vertu ?

Rien. Je n'ose

Désirer

Cette chose, —

DÉTERRER.

VAPEUR XXVI.

AVANT D'ENTRER[1].

Dans un rêve à sueurs, j'ai aperçu un homme
Qui m'apparut du coup, et je ne sais pas comme.
Il portait du feu jaune après ses vêtements,

(1) Quand j'ai rêvé cela, j'étais pris par la Grippe.

Ses larmes s'égouttaient avec des hurlements ;
Ses cheveux étaient roux, aigus comme des pointes, —
Il avait des yeux ronds, — il avait les mains jointes :
Tous ses membres roidis étaient violacés,
Et quoique dans du feu, ils paraissaient glacés.
Sa langue frémissait dans sa bouche allongée,
Son visage semblait blanc comme une dragée :
De mince qu'il était, son corps devint enflé,
Et ce que je vais dire, il me l'a tout soufflé
En riant, en faisant des mines effrayantes
Qui doivent ressembler à des âmes sanglantes.
Il parle :

« Je reviens du palais infernal,
« De l'Enfer rouge et chaud où l'on punit le mal.

« Je raconte d'abord comment est son entrée, —
« C'est dans un chaos noir une affreuse trouée.
« Là, des tigres aux yeux qui vomissent du feu
« Sont les seules bougies qui éclairent ce lieu ;
« Leurs langues sont de fer, et, chaque fois qu'on entre
« Elles vont vous marquer une croix sur le ventre.
« La croix se forme en bec long, brillant et crochu
« Qui s'aiguise en la chair et devient bien pointu
« A force de fouiller, de percer des entrailles,
« Au lieu de s'émousser comme une aiguille à mailles.
« Pour faire cette croix, on vous saisit le cou;
« Cet *On*, c'est un collier d'os rouges comme un sou
« Qui monte, descend seul, et plane sur l'entrée ;
« Et toute fois qu'il sert, — la musique enragée
« Qui sort des trous des os, fait naître la frayeur
« Assez pour que la croix ne donne plus douleur.

« Alors, les tigres rient fort, de toutes leurs gueules,
« Tournant et retournant leurs queues, comme des meules.
« Et quand ils ont bien ri, — une veine d'étang
« Crève, passe près d'eux, et leur jette du sang. —
« Quatre coups sont frappés par une main de pierre
« A la première porte — à la porte de terre ;
« Puis cette main se brise en cinquante morceaux,
« Le décident ainsi les Destins Infernaux :
« Puis, ses parties changées en cent petites bêtes,
« Grimpent sur le Pêcheur, et ont toutes cent têtes.

« Deux minutes après, un remuement affreux
« De clochettes fêlées, semble venir d'un creux
« Qui s'ouvre lentement et montre son abîme
« Au Damné qui frémit, —et lui sonne son crime.

« Un son fait une lettre, et les lettres des mots,
« De sorte qu'il entend les phrases des grelots
« Chuchotements aigus, et refrains diaboliques
« Qui vont jusqu'à la terre effrayer les Reliques. —

« Un horrible cri part ! — Et le creux est fermé,
« Le bruit s'étend si fort qu'on le croirait semé ;
« Et sa graine cachée semble trésir aux choses
« Comme, dans un boudoir, font des âmes de roses. —
« La porte se sépare — et passe le Pécheur
« Déjà décomposé de souffrance et de peur. —

« A la seconde porte — à la porte de cuivre,
« Il y a des regards qu'on ne peut jamais suivre ;

« Ce sont de vrais soleils qui vous crèvent les yeux
« Et leur redonnent vue, afin qu'on souffre mieux :
« Alternativement, une langue les lèche,
« Et le feu de la porte aussitôt les dessèche.

« Là, des loups dépouillés de leurs bouillantes peaux
« Sont prêts, comme une lance, à livrer des assauts ;
« Ils ressemblent assez à des fous hors de cage
« N'ayant, sur tout le corps, qu'un vêtement de rage.
« Le bout de leur nez brûle, et l'on voit en gros traits
« Ces mots en cinq couleurs :—Entrez dans nos palais ;
« S'il y fait un peu chaud, la cuisine y est bonne,
« La Preuve qu'on s'y plaît, c'est qu'il n'en sort personne.
« (Pourtant moi j'en reviens.) Nous avons des enfants
« Qui se frottent les mains de joie, d'être dedans.

« Là, Chouette, Hibou, s'agite en contredanse
« Gracieux comme un homme après une potence.

« Là, des gouttes de fer tombent si pesamment
« Sur le dos du Damné, qu'il en est chancelant ;
« L'une s'unit à l'autre et forge une cuirasse
« Qui le serre à tel point que la cuirasse casse.
« La force du Souffrant vient déjà de l'Enfer
« Puisque des os de corps brisent des os de fer.

« La cuirasse éclatée, — quelqu'un paraît, s'approche,
« La saisit, la refond, et en fait une broche.
« Ce Quelqu'un, c'est plutôt quelque chose en cristal,
« Pourtant j'ai vu des bras, mais qui n'ont rien d'égal ;

« Pourtant j'ai vu des yeux luire dans une tête
« Grands, allumés, et vifs comme un jet d'arbalète ;
« Pourtant j'ai vu un corps, deux jambes et un pied,
« Mais tout cet assemblage était si singulier
« Que si l'on m'eût enjoint moyennant forte somme
« D'avouer que c'était précisément un homme
« Ou sinon que la broche essaierait de son jeu
« Pour que je goûte bien les charmes d'un bon feu –
« J'en serais convenu pour l'argent et par crainte,
« Mais je me serais dit : Adieu la terre sainte!
« Si l'on m'y met un peu, j'en sortirai bientôt.
« Car toujours le Menteur grille sur un réchaud.

« Si l'on veut, je reviens à mon groupe de verre
« Si drôle d'apparence, et façon de mystère ;

« Un nuage léger l'enveloppe soudain
« Clair comme un voile d'eau quand on est dans un bain:
« Et nuage, et cristal, et broche disparaissent;
« Et les douleurs cessées à l'instant reparaissent.

« La porte des Soleils se remue sur ses gonds,
« Ainsi que l'écrevisse allant à reculons
« Elle s'ouvre en dedans, et la malheureuse âme
« Se retourne bientôt à cause de la flamme
« (Quand je dis l'âme, aussi je veux dire le corps
« Qui ne résiste plus malgré ses grands efforts
« A supporter ses maux en montrant du courage
« Pour essayer que Dieu le garde du naufrage).
« Le corps et l'âme sont agrippés par le nœud
« D'une chaîne qui taille et laisse un cercle bleu

« Sur la chair qui la suit comme s'ouvre la porte
« Entraînée sûrement, et jamais de main morte. —

« Le Malade éternel a dépassé le seuil
« Qu'on appelle DEUXIÈME, et pour lui faire accueil
« Des hommes-animaux, c'est-à-dire des diables
« Se dressent à l'envi ; les plus abominables
« Entonnant quelques sons, ne vomissent que cris
« Prolongés, effrayants, — et des Chauves-Souris
« Qu'ils tiennent par le cou, qu'ils tirent par les ailes
« Reproduisent les chants de ces beaux Philomèles.
« Et puis des jeux, des voix, des grimaces, des sauts
« Comme un singe au retour dans ses bons pays chauds. —

« L'un sur la queue de l'autre, un diable se balance

« Tandis qu'un chat-huant lui fait la révérence
« Le bec en mouvement, ouvert large, ou fermé,
« Suivant bien le démon descendu ou monté.

« Chacun prend son plaisir, et pendant qu'on s'amuse
« Une femme de feu joue de la cornemuse,
« Et de tous les tuyaux sortent des diablotins
« Qui préparent entre eux la table des festins.
« Il y a vin et eau — du sang mêlé de larmes ;
« Pour fourchettes — des dents, des os, des morceaux d'armes ;
« Pour assiettes — des seins fermes coupés en deux
« Creusés comme il convient pour ces gourmands affreux ;
« Puis un gosier pour verre ; — une chose discrète
« Y tient la boisson fraîche — une langue muette
« Forme son pied, son fond, ses contours, ses rebords,

« Cette coupe est pour boire à la santé des morts; —
« Chacun se la repasse après l'avoir vidée,
« La bouche palpitante, horriblement tachée. —

« Ce n'est pas tout encor. Les mets sont des enfants
« Qu'on apporte par deux — qu'on découpe vivants.
« Des trous d'yeux et de nez de têtes dégarnies
« Éclairées au dedans, composent les bougies. —

« Le Patient ne peut ni ne veut pas manger,
« Mais il le faut pourtant sous peine d'étouffer.
« Des mains fondent sur lui, comme un canon le bourrent
« Et rejoignent ses dents sur ce qu'elles leur fourrent.

« Ce dernier repas pris, deux lourds gémissements

« Annoncent qu'UN de plus va se battre les flancs
« Pour croire à une fin, au pardon, à sa grâce,
« Quand l'Eternité dit : (Que veut-on que j'y fasse ?
« Ne me demandez pas l'extinction des jours,
« Mon Dieu m'a ordonné de m'étendre toujours.)

« Alors un monstre accourt, s'empare de sa proie
« Qui se débat plus fort que lorsque l'on se noie.
« Le guichet des fourneaux en silence est ouvert,
« De l'huile qui gémit on entend le concert.
« Des visages bouclés et privés de lumière
« Ecoutent le Venant qu'on place en sa chaudière. —

« Voilà les trois entrées des malheureux pécheurs,
« Où l'on pourrait nager tant il y a de pleurs.

DEDANS.

« Dans un coin de l'Enfer, au pied d'une colonne,
« Quelque chose de noir, qui n'était plus personne
« Et qui pourtant criait comme un désespéré,
« Attira mes regards, ma curiosité;
« Je ne pus distinguer, parmi toutes ses plaintes,
« Qu'un contraire effréné de nos paroles saintes;
« Mais dessus on lisait sur un large écusson
« (Enflammés par du soufre en lettres de charbon)
« Ceci : — Approchez là, — pouvez-vous voir cette ombre
« D'un de ces corps crachés dont la terre a bon nombre?

« C'était un écrivain par le vice abruti,
« Et dont la conscience a mille fois menti;
« Sa plume de poison écrasait le poète,
« En rendant son pain dur — il préparait sa fête;
« De le mener au mal, au crime, au désespoir,
« Il s'en faisait un jeu, — un fauteuil pour s'asseoir
« Où bâillant, il disait : — Il faut bien que j'écrive,
« Il faut que je le tue, et, quoi qu'il en arrive,
« Je crois n'avoir jamais rien à me reprocher;
« Lui est mort, moi je vis, — à chacun son métier.
« Pour ce cœur, Lucifer sans cesse se tourmente,
« Et de son grand royaume il donnerait la rente
« Si on lui découvrait un supplice nouveau
« Pour l'infâme écrivain qui vaut moins qu'un bourreau [1]. —

(1) Nouvellistes de cœur, ne prenez pas pour vous
Ce que l'homme m'a dit : — ce n'est pas dit pour tous.

« Vis-à-vis du Journal à la triste figure
« Dont l'écusson de soufre est seul mis en lecture,
« Etait un homme âgé d'à peu près cinquante ans
« Qui rongeait un cahier de papier dans ses dents.
« Un bras dur le fouettait, et l'on entendait rire,
« Puis un petit démon cornait avec délire : —
« Il n'a pas lu l'ouvrage et il l'a renvoyé
« Au malheureux qui s'est vite suicidé :
« Il a été maudit par une pauvre mère
« Qui a suivi son fils, mourante de misère :
« Aussi, pour le punir, le cahier qu'il tient là,
« De sa bouche murée, jamais ne sortira;
« Et pour le caresser, nos furies sont exactes; —
« Cinq fois dans un quart d'heure — il y avait cinq actes[1]. —

(1) Vous qui accueillez bien le talent, la jeunesse,
Oh! ce n'est pas à vous que cet enfer s'adresse.

« Presque à côté de l'homme au manuscrit roulé,
« S'élevait un squelette affreusement brûlé.
« On n'apercevait plus s'il portait une face ;
« Ses membres disloqués n'occupaient plus leur place,
« C'est-à-dire, un moment ils s'y trouvaient remis ;
» Mais depuis mille années, sans pitié pour leurs cris,
« Des tenailles pinçaient, brisaient, pilaient ces membres
« Qui ne devaient jamais, JAMAIS tomber en cendres.
« Qu'était cela? — Ma foi ! je ne sais vraiment pas;
« Me disais-je, — lorsque je sortis d'embarras,
« A l'apparition subite d'une fille
« Jeune, et se tortillant ainsi qu'une chenille
« A l'entour du squelette ; — aussitôt ses beaux yeux,
« Seuls restes de sa tête, avec peu de cheveux,
« S'ouvrirent brusquement sur la machine osseuse,
« Et jetèrent d'un bond la flamme furieuse

« Que lancerait un flot d'eau-forte sur du feu ; —
« Vous m'avez, siffla-t-elle, amenée dans ce lieu,
« Oui, vous m'avez perdue; pour m'avoir confessée,
« Vous avez dévoré ma naïve pensée.
« Ma mère me croyait sage et j'étais à vous,
« Et maintenant, ici, je marche à deux genoux,
« Quelquefois sur mon corps qui traîne misérable
« Avec un œil qui voit ma mère inconsolable.
« Souffre donc, souffrons bien, l'enfer le veut ainsi,
« Nous avons notre marque à son livre noirci.
« Tu me parlais d'amour, — et moi j'étais si bonne,
« Que je ne croyais pas au Diable en ta personne.—

« Le sifflement se tut, cessa d'articuler,
« Et les os d'homme noir s'entendirent craquer. —

« Pour en finir, je vis, pendue par ses mamelles,
« Une femme effrayante, — aux verdâtres prunelles,
« Au front plat, décrivant de funestes contours,
« Au teint couleur olive, — au cœur rempli de jours ;
« Dominant sur la salle où elle était pendue,
« Elle semblait vouloir manger de la chair crue.
« Des petits doigts d'enfant écrivaient sur son dos,
« Avec rage d'enfer conduisant des ciseaux :
« Le Plaisir m'a conçu, — toi, tu m'as mis au monde,
« Et après? Dis? Après ? — Que ta bouche réponde,
« A défaut de ton cœur si vide, si percé,
« Qui n'a jamais été qu'un cœur déguenillé ?
« Tu as dit : — Portez-le dans le berceau de pierre
« Où, demain au matin, il aura une mère :
« Infâme que tu es ! Depuis ce soir fatal
« Où tes valets dorés m'ont mis à l'hôpital,

« Où tu continuas ta vie dans la débauche,
« Où tu te pris à rire à droite, puis à gauche, —
« Ce fils dont tu ne sais trop ce que tu as fait,
« Si vite repoussé de ton riche buffet, —
« Il a tant blasphémé, juré contre nature,
« Qu'il est aussi venu, — qu'il est à la torture.
« C'est moi qui suis ton fils, et qui suis condamné
« A tracer sur ton dos toute l'Éternité,
« Sur ta peau desséchée qui brûle décrépite :
« — Tu as damné ton fils, — mère, reste maudite. —

. . . .

. . . .

Là, mon rêve a cessé... Je m'éveille à l'instant...
Je suis enveloppé d'un long saisissement...
J'ouvre à peine les yeux... Je vois encore rire...

Cet homme qui m'a dit ce que je viens d'écrire.

. . . .

Oh ! qui que vous soyez, gardez-vous de ce lieu,

Songez quelle souffrance — on n'y voit jamais Dieu !

VAPEUR XXVII.

LE PURGATOIRE.

Le Purgatoire est grand, orné du Repentir
Qui arrive par force ; on n'aime pas rôtir.

VAPEUR XXVIII.

ÉCOUTEZ-MOI.

Mes frères les humains, de cœur, je vous le dis,
La place la meilleure, elle est en paradis ;
— Mais quel est le moyen d'y conduire notre âme?—
Je vais vous l'indiquer. — C'est d'aimer une femme.

VAPEUR XXIX.

FLOCON NOIR.

Voix que j'entends au loin, si pure et si timbrée
Promène tes accents qui réjouissent l'air,
Mais tu ris trop pour moi,—moi dont l'âme est navrée,
Moi dont le bonheur n'a que la vie d'un éclair.

Pourquoi tant répéter une chanson joyeuse ?
Elle me fait pleurer. — La joie près du chagrin
Donne une maladie dont la douleur affreuse
Remue de fond en comble. — Oh ! change ton refrain.

Je pleure, va, je pleure, et des larmes amères,
J'ai dans les yeux, je crois, tous les fiels d'ici-bas ;
J'ai aussi des pensées qui sont de vraies vipères
Elles se clouent sur moi, et ne démordent pas.

Tu es jeune, bien sûr, suave, et fraîche et douce ;
Tu n'as rien dans le cœur qui le tienne serré,
Tu roules en ton cou, comme une eau sur la mousse;
C'est un enfant qui dort après avoir joué.

Crois-moi, veux-tu me croire ? Amuse-toi bien vite,
Et moque-toi de moi qui n'ose encor mourir ;
Siffle à mon cœur malade une harmonie maudite;
Raille-le, fais-lui prendre un poison pour guérir.

VAPEUR XXX.

AUX VIEUX DE L'AUTRE.

ETINCELLE.

Voilà souvent mon cri.—« L'avez-vous vu cet homme?
Ce petit grand des Grands—» A quoi sert qu'on le nomme?
Tout l'Univers connaît les cornes du chapeau
Qui crevait l'œil, des rois pliant comme un roseau.

Tout l'Univers a vu la redingote grise
Qui voltigeait l'hiver, comme à la douce brise;
Tout l'Univers a fui tremblant comme un voleur
N'ayant plus dans le sang qu'une terrible peur —
Lorsqu'on disait : Il vient! Le voilà! Il arrive!
Le rival du soleil pour sa lumière vive;
Et c'est le moins cousu d'or, d'argent, de galons,
A peine si l'on voit briller ses éperons;
C'est à peine, au matin, si l'on cire ses bottes,
Il ne les met jamais en dehors de ses portes,
Il n'en a qu'une paire, il l'a veut toujours là
Attendant le réveil du court sommeil qu'il a.
Et souvent il a eu ses pieds formant l'équerre
En la chaussant trop vite — et dans le sens contraire
Mais il la remet bien, après qu'il a fini
De la montrer un peu aux yeux de l'ennemi;

Alors on la nettoie;—c'est alors qu'il ordonne
Lorsqu'il l'appuie, l'étend sur les marches d'un trône.

Regardez son regard. — C'est l'éternel éclair
Qui rougit ou pâlit, et qui abattrait l'air
S'il le gênait par trop, — s'il arrêtait ses balles
Qui s'en vont préparer des marches triomphales ;
Voyez ! son corps est là, mais sa tête est là-bas,
Il est ici, plus loin, partout, il a cent bras;
On se presse à l'envi pour lui faire une escorte,
Il repousse ses gens, et son cheval l'emporte ;
Il ne regarde pas par où il va passer
C'est son génie qui court plutôt que son coursier ;
Les pierres, les canons, les arbres, les rivières,
Sont pour lui, des chemins plats, unis, sans ornières;

Il n'a plus dans les mains, ni bride, ni filet,
Mais il saisit son but, souriant satisfait ;
Il ne lui manque rien. Pas une déchirure,
Pas froissé, pas meurtri, — pas une égratignure.
Son chapeau s'est brossé à travers les buissons
Qui n'ont jamais longtemps le bout de ses talons ;
Il commande au galop, — il va de route en route
Volant ou bondissant de redoute en redoute ;

Quelquefois son cheval brisé, moulu, s'abat,
Pendant qu'il se relève, LUI prise du tabac ;

IL est fixé si fort aux quartiers de sa selle
Que son genou les troue en leur restant fidèle.

Mais parfois des morceaux sèment de tout côté
Des preuves de valeur et de solidité.

Les obus, les boulets jonglent sur son passage,
Mais ils le craignent trop pour tuer son courage,
Quand préparés au bruit du tambour ou du cor,
Quand ailés par la poudre, ils prennent leur essor
Pour aller becqueter à travers la fumée
La chair, le cœur, le foie de l'horrible mêlée.
S'ils voient l'Homme habillé de peuples et de rois
Animant par le geste, entraînant par la voix —
Vite ils font un crochet, et portent leur tonnerre
Pour le rouler bien loin d'où LUI touche la terre —

Afin qu'il n'ait jamais des éclats frémissant

Qu'un souffle qui se meurt, apporté par le vent
L'acier, le fer, l'airain, ne sont que valetaille
Qui éloignent de lui leurs balais de mitraille.—

Dans un temps, l'Univers avait dans ses échos
Mille cris produisant un seul nom de héros.
Tout l'Univers s'est vu passer sous la lorgnette
De l'Homme remuant tout à coups de baguette,
De l'homme des armées, — du père des soldats
Qui voulaient de ses yeux, seulement des éclats
Dont ils faisaient leur pain, leur vin, leur eau-de-vie,
Un oreiller, du bois, une chambre garnie.

Pour eux, neiges et boues, c'était chemin de fer
Ou bateaux à vapeur rasant, fendant la mer;

Pour eux, le froid, la pluie semblait être une source
En cristal le matin, — le soir en rosée douce

Quand IL disait aux chefs : « Faites ouvrir les rangs,
Je veux voir et compter mes braves, mes enfants ; »
Quand il disait tout haut en passant la revue :
« Mes amis, je suis fier ! Votre bonne tenue
Me répond du combat, des chances de demain,
Allons, frères ! allons ! Une poignée de main ! — »

Alors en cet instant, les Grognards de la Garde
Le nez piqué de pleurs songeaient à la parade
Qu'ils feraient défiler aux Cosaques du Don ;
Comme on leur servirait des bouchées de canon,

Comme on allait, de cœur, rabattre leurs coutures
Et du sabre, friser leurs plates chevelures ! —

Oh ! comme on trouvait lent ce signal à donner !
C'était l'heure enrouée qui ne peut pas parler.
Chacun se demandait dans son vaste silence
S'il n'irait pas bientôt recueillir pour la France.
Les jeunes gens rêvaient à la gloire, à l'amour,
Ils pensaient tant soit peu, s'ils auraient un retour,
Mais ils se réveillaient, déchiraient toute entrave
Et prenaient fièrement la mine du vrai brave ; —

Pour les vieux grenadiers, tout leur bien était là,
Ils touchaient le Petit, — voyaient-ils au-delà !

FEU MOURANT.

Si j'avais pu aussi palper sa redingotte !

Si j'avais pu aussi reluire dans sa botte,

Si je m'étais trouvé devant, derrière lui,
J'aurais assez vécu, — je serais réjoui.
S'il m'avait dit un mot, s'il m'avait fait un signe,
D'être enterré sans terre, oui je me croirais digne;
Je pense qu'il faudrait me mettre en un caveau,
Me regarder sans cesse et laisser couler l'eau. —

Cependant que de gens sur qui la belle tête
Du premier des consuls jetait des feux de fête,
Demandent autre chose et ne sont pas contents
D'avoir eu tant de jours parés de diamants,
D'avoir foulé ses pas, — d'avoir eu de ce souffle
Dont je n'aurai jamais, qui, n'étant plus, m'essouffle,
Car l'air faisant sa vie, ses poumons le rendaient,
Et les bouches du monde, ouvertes, le prenaient. —

Je ne marchais pas seul , quand cet homme colosse
Faisait songer à tous qu'il n'aurait pas de fosse ;
Ainsi , dans ce temps , l'air que j'ai dû respirer ,
Je le compte pour rien , ne sachant pas parler ,
Ne sachant pas sentir , sachant à peine entendre ,
Ecoutant toujours bien, mais sans pouvoir comprendre,
Ayant l'âge où le cœur à la forme d'un œil
Qui ne s'aperçoit pas que le monde est un deuil.

Des hommes presque enfants se sauvaient chargés d'armes
Ayant rompu la chaîne et des cris et des larmes, —
Et fiers comme un dévot qui est né à Noël ,
Ils venaient se raser près des Bonnets-à-poil
Qu'ils consultaient un peu, — la langue presque morte, —
Pour avoir le secret de leur barbe si forte.

Un des gentils Bonnets disait : « Retiens cela !
Fais que Sa main te touche et ta barbe viendra. »

—

Dans les Indes, rien n'a une plus chaude vie
Que celle qui brûlait notre grande patrie;
Tout semblait remuer, sortir on ne sait d'où,
Le pays était grave et enfant comme un fou,
Tout était pêle-mêle et tout était en ordre;
La France était de fer, les rois n'y pouvaient mordre,
La France était la lime et les rois le serpent
Qui bientôt n'aurait eu la plus petite dent,

Si la Fameuse main l'avait toujours menée,
Si des gens faits de boue ne l'avaient pas brisée;
Oui sans la trahison, — cette ciguë des camps, —
Tous les rois devant nous courraient encore les champs.

Oh! Trahir! O mon Dieu! Trahir l'homme des hommes,
Qui de gloire entassait de si nombreuses sommes,
Pour que chaque Français pût d'abord s'enrichir,
Et puis l'Histoire après, — coffre de souvenir; —

Trahir si élevé avec tant de bassesse!
Pour racheter ce crime il n'y a pas de messe;
Le trahir! lui, l'Immense et beau, le Sans pareil,
Cette pensée pour moi, c'est mon jour sans soleil. —

Pourtant je reprends vie ; sa mémoire m'élève ;
Je me sens agrandi comme une eau sur la grève ;
Je ne veux pas m'abattre ainsi qu'un dévouement,
Quand il trouve en chemin un petit coup de vent. —
Je sais qu'ici le coup est fort, il est terrible,
Puisque tout est perdu, — puisqu'il est impossible
De remettre sur pied l'arbre aux mille rameaux,
La paon impérial, — le mât aux cent drapeaux, —
Mais son ombre me dit : « Si tu parles de l'ombre,
« Songe à ce qui l'a faite et tu seras moins sombre ;
« Si tu avais pu voir mon visage au cercueil,
« Va ! j'étais encor là sur un trône d'orgueil. »

Eh bien! ombre de bronze, oui, je reprends courage,
J'essaierai de celui que me donne mon âge,
Tantôt étincelant, tantôt presque perdu,
Comme un Riche habillé,—comme un Pauvre tout nu.
Je suis bien pauvre aussi pour élever le verbe,
Assez pauvre d'esprit pour faire ce proverbe
— Petit ne hausse pas lorsqu'il force sa voix,
— Comme on ne fabrique huile aux coquilles de noix.—

N'importe, j'écrirai, que l'on me le pardonne;
C'est l'envie d'attacher mon cœur à sa couronne.
Pierre obscure à y mettre, et qui ne brille pas;
Mais cœur quand il est plein, qui ferme au cadenas,
Dont la clef n'ouvre plus, si tant est qu'on la trouve,
C'est comme un lieu, un coin gardé par une louve.

Que je dorme en allant, — que je veille en restant,

Je Le vois souvent mort et quelquefois vivant;

Je le vois à cheval, au haut des pyramides,
Regarder les chemins que ses soldats-égides
Ont parcourus en joie sans pain et sans sommeil,
Toujours entre deux feux : — le sable et le soleil ; —
Je le vois souriant aux deux bras de la Peste,
Et la faire trembler du pas, de l'œil, du geste ; —
Je le vois dans les rangs serrés des hôpitaux,
Couper par son entrée, comme avec des ciseaux,
Le Désespoir, la Mort, qui se tisse aux visages,
Et redonner la vie, — et rajeunir les âges ;

Je l'aperçois prenant la main d'un moribond,
Et la galvaniser comme au bruit du canon,
Je l'entends qu'il lui dit : « Relève-toi, mon brave,
« Chacun de vous, sais-tu, je le compte une lave

« Enflammée pour voler et brandir des éclats
« De lumière, d'honneur, aux lieux de mes combats ;
« Mon beau vieux, lève-toi, et cire ta moustache !
« Marche, mon grenadier ! Sapeur, reprends ta hache !
« J'ai pour vous des brevets, une croix, des rubans,
« Mais venez les chercher, venez, je vous attends ! » —

Ces choses et ces mots c'était leur médecine
Et alors pharmacie se changeait en cuisine. —

Des membres étaient-ils ou pendants ou cassés,
Bientôt son baume à lui les avait replacés.
Rien ne lui résistait, — ni dieux, ni mer, ni terre ;
Il aurait foudroyé l'Enfer et Tonnerre.

Et nous n'avons pas, nous! le vase où le repos
Berce son corps en poudre et contient le héros,

Et nous n'avons pas, nous! ce vase où est sa cendre,
Non, l'Anglais le possède, et nous n'osons le prendre;
Non, l'Anglais s'y appuie et se moque de nous.
Je le demande, là! ne sommes-nous pas fous!
L'Anglais ne comprend pas cette démence extrême,
Et comme il rit de nous en mangeant ce qu'il aime!

L'encre qui fait ces mots pour le pauvre empereur,
Est puisée par ma plume en un chapeau d'honneur,
Dans un petit chapeau bien coulé en faïence,
Qu'avait un grenadier qui était à Mayence.

CENDRES.

Il est donc mort! c'est vrai, c'est prouvé, c'est fini,

Et pour moi sa famille est éteinte avec lui ; —

Quand je trouve un des *Siens* qui me conte une histoire,
Mes yeux à un enfant pourraient donner à boire. —

I

Si j'ai des souvenirs, — ils sont tous, tout voilés,
Sombres, obscurs, épais, se mourant, désossés ;
J'ai bien quelques idées sur un deuil , une fête,
Mais comme un jeu d'enfant qui s'amuse en sa tête,
Sans y rester longtemps, sans jamais s'enfermer,
Comme un feu qui s'éteint, voulant se rallumer,
Comme une lèvre à l'air que notre langue fouille,
Et qui demeure sèche aussitôt qu'on la mouille.

VAPEUR XXXI.

BESOIN DE DIRE

O mon ruisseau,
Que tu es beau,
Et que ta voix est douce;
C'est comme un cœur qui pousse
Purement des soupirs.
Coule, coule, va vite

Comme une mort subite,
Et baise mes loisirs.

Des rayons d'or
Se jouent encor
Sur ton eau, sur ton herbe,
L'image en est superbe,
Eblouissante à voir.
Quels reflets de mystère!
C'est Dieu avec la Terre
Riant un peu le soir.

Joli venant,
Petit passant,

Tout habillé d'écailles,
Jamais tu ne travailles
Tu fraies ou tu t'ébats.
Tu vogues sans nacelle,
Oh ! que ta vie est belle
Quand on ne te prend pas !

Buisson touffu,
Tu as perdu
Tes fleurs malgré l'eau claire
Qui passe sur ta terre
Et te baigne les pieds.
Ta feuille jaunissante
Se détache tremblante
Et vient où je m'assieds.

Bonsoir, soleil !
Qu'à ton réveil
Tout vive à ta nature,
Que la tendre verdure
Repose les douleurs.
Fais fondre la rosée
Pour que ma bien-aimée
Puisse cueillir des fleurs.

Elle aime, aux mois
Où dans les bois
Feuille roule sur feuille.
Dire en marchant: Dieu veuille
Que je vienne y creuser
Un lit en deux lits sombres

Pour qu'à jamais nos ombres
Puissent s'y adorer.

Elle aime aussi
Sourire au nid
Sans que sa main le touche,
Mais l'eau est à sa bouche
D'envie de le tenir;
Alors les oiseaux viennent
Y boire et puis reviennent
Altérés de plaisir. —

Je suis là seul
Dans le linceul

Que fait la rêverie ;

Linceul, car, dans la vie,

Les rêves sont des morts. —

Oh ! la belle nuit blanche !

Comme la lune épanche

Sa lumière à pleins bords !

Souvent j'ai vu

Le ciel à nu

Se posant avec grâce,

Se mirant dans la glace

Que mène mon ruisseau.

Aussi quand j'ai la fièvre,

J'y goûte, de ma lèvre,

Du ciel avec de l'eau.

Je pense à toi,
Toi qui es moi,
Toi dont la voix n'est faite
Que pour perdre une tête
En y jetant du feu.
A la nuit, à la lune,
Je vais, pour toi ma brune,
Prier bien le bon Dieu.

Mais pour prier,
Pour me signer,
Comment vais-je donc faire?
Cela me désespère,
Dieu, je suis malheureux!

. . . .

. . . .

Ma prière est mal dite;

Je n'avais l'eau bénite

Qui lui fait ses beaux yeux.

VAPEUR XXXII.

DEMANDE AU VENT DU SOIR.

Dis-moi, d'où viens-tu donc, pour être si plaintive,
Ame du soir,
A la fois molle et vive?
Je voudrais le savoir.

As-tu soufflé sur le cœur d'un avare
Pour le rendre moins dur ?
Ce serait aussi rare
Qu'un beau bouquet venu dans la fente d'un mur.

Te serais-tu un peu en passant arrêtée
Sur une choche en voix
Criant : — « Priez pour eux, la voilà mariée ;
Cheveux noirs, cheveux blancs tresseront une croix. »

As-tu joué autour
D'une femme embrasée
Qui répétait Amour,
En soupirant : — Je suis trompée !

Aurais-tu, à l'écart
Vu mourir cette femme :
As-tu léché la lame
De son poignard?

N'as-tu pas rafraîchi
Une âme noble, auguste;
N'as-tu pas imprimé le nom sacré de Juste
Sur son front réfléchi ?

N'aurais-tu point passé par un réduit humide
Où cinq ou six enfants, se tenant par les bras,
Avaient la bouche ouverte et le regard avide,
Ne voyant rien qui vive, excepté quelques rats?

N'aurais-tu pas enfin visité l'édifice
        Où l'on bâtit la loi?
N'y aurais-tu pas vu plus d'un corps d'écrevisse
Reculant pour le peuple et avançant pour soi ?

D'où viens-tu, dis-le-moi, pour être si plaintive ,
        Ame du soir ;
        Et quoi qu'il m'en arrive ,
        Oh ! je voudrais savoir !

VAPEUR XXXIII.

QUELQUES-UNES

DOIVENT DIRE CELA.

Mon Dieu, j'ai fait pour lui beaucoup de sacrifices,
Je ne m'en repens pas, — ce sont de doux calices
Où mes lèvres ont bu,
Maintenant je suis là, toute à toi pour la vie,

Alors, pourquoi veux-tu que lorsque je te prie
Mon esprit soit perdu?

Pourquoi me permets-tu de regretter cet âge
Où l'on ressemble tant à l'oiseau sur sa cage
Qui va goûter de l'air;
Où Rien nous donne tout, — où l'âme est assurée
Dans sa brûlante foi, qu'au moins pour la durée
Notre amour est de fer.

Pourquoi mes yeux croient-ils voir, malgré ce mur sombre
Des buissons et de l'eau, et plus loin un grand nombre
De brins fleuris des prés;
Et puis à côté d'eux de légers tas de terre

Qu'un petit animal soulève avec mystère
Où je plantais mes pieds.

Je crois apercevoir en la nuit, à cette heure,
Les os blanchis du chanvre éclairant la demeure
De ces bons paysans ;
Il me semble souvent, sans que le ciel se change,
De feuilles et de pluie, respirer ce mélange
Qui tombe tous les ans.

Car je suis d'un pays où l'eau coule de source,
Où les blés et les bois, les grands arbres, la mousse,
M'ont formé mon berceau.
Comme il a soutenu mon existence frêle

Tout ce peuple des champs ; je n'ai pas eu de grêle
Quand j'étais un roseau.

Pourquoi m'a-t-on conduite au miroir de la ville,
Je ne voulais pas, moi ; et ce fut difficile
A tous de m'y mener.
Aussi, pendant longtemps, j'y eus toujours la fièvre,
On me rendit mon air et mes courses de lièvre
Pour encor m'emmener.

Oh ! que n'a-t-on laissé, toujours comme la guêpe,
Ma vie parmi les fleurs ; des jours noircis de crêpe
Pour moi n'auraient point lui.
Le soir, j'abandonnais mes couleurs favorites,

A la garde de Dieu mes belles Marguerites
Dont l'herbe était l'étui.

Mon Dieu, tu m'as donné plusieurs instants de joie,
Mais à présent je suis, des angoisses, la proie,
Sa chair de chaque jour.
Je me rafraîchis bien quand l'église résonne
De chants pieux et saints, — mais je n'y sens personne
Qui comprenne l'amour.

Où est-il ? où va-t-il ? celui qui a fait naître
Ce frisson enivrant qui brûle encor mon être,
Plus le cœur que les os.
Quelques lettres de lui que je me meurs à lire

Entrent dans ma cellule et mordent mon sourire
Comme à coups de ciseaux.

Et pourtant j'ai voulu venir en ma retraite ;
Oui, je l'aimais assez pour me rendre où l'on traite
Les passions par Dieu.
Lui qui ne m'aimait plus, presque plus, je le pense,
Je l'aurais accablé du poids de ma présence
Sans raviver son feu.

Dévouement! Dévouement! dit sans cesse une femme,
Devouement et Amour sont le corps de son âme,
Ses forces et son sang.
Après, n'importe après; soit malheur ou soit palme,

Qui brise ou qui reluit, — elle reste après, calme
Comme l'eau d'un étang.

Je suis dans un couvent que j'ai choisi moi-même,
Les pleurs autour des yeux, le désespoir extrême
Bondissant sur mon cœur;
Dans un lieu retiré, un peu sur la montagne,
Afin qu'aucun soupir du monde ne me gagne,
N'entende ma douleur.

Oui, bien désespérée, mais aussi résolue
Qu'un fils qui s'écrierait sur sa mère éperdue
Se trouvant mal de faim :
« Mère, n'ayez pas peur, je regarde l'abîme

« Où je vais m'engloutir, je vais commettre un crime,
« Mais vous aurez du pain. »

Je n'ai jamais compris à demi une chose,
Souvent j'ai demandé à ma pensée la cause
De la moitié d'un Tout.
Qu'on partage un écu, le bonbon d'une nonne,
Mais la division d'une âme qui se donne,
Je la cherche partout.

Comme je suis impie pour vivre dans un temple,
Où peut-être jamais on eut pareil exemple
De mon impureté.
Bonne vierge Marie, oh! j'implore ton aide!

Pour devenir bientôt, de suite, et vieille, et laide,
Envoie-moi ta pitié.

Mes yeux éteints alors, et ma face creusée,
J'essaierais d'échapper à l'affreuse risée
Du démon qui me prend.
Cet amour qui dévore et mes jours et mes veilles,
Fuirait, voyant des joues qui ne sont pas vermeilles,
Et dessous pas de dent.

Jusque vers toi, bon Ciel, que mon langage monte!
Faut-il que j'aie besoin de me couvrir de honte!
De dire : Vieillis-moi
Pour que je prie un peu cette chanson si pure;

La musique de Dieu que chaque ange murmure,
Qu'on entend rire en soi.

Je n'ose regarder ces âmes presque saintes
Qui sont autour de moi, — qui marchent les mains jointes
Pour se faire bénir. —
C'est donc bien mal d'aimer, puisqu'on se le reproche ?
Cependant on a vu le rocher et la roche
Se pencher et s'unir.

Que je voudrais donc bien qu'une voix consolante
S'épanchât sur ma voix qui serait moins souffrante,
En disant sa douleur !
On lutte mieux à deux contre une chose amère,

Le corps qui se débat, le front qui désespère
Verse moins de sueur.

A quoi vais-penser ? A qui dire, — Je souffre,
Si ce n'est à mon Dieu, — ou à l'Enfer, ce gouffre
Passé, présent, futur ;
A l'Enfer ! je suis folle ! O mon Dieu ! je suis folle !
Je n'ai plus dans l'esprit qu'une affreuse parole
Qui me damne à coup sûr.

A quelle heure, mon Dieu, faut-il donc que je prie,
Pour le chasser un peu du milieu de ma vie,
Lui qui fut mon amant ?
Si tu me regardais de ta sacrée demeure

Si tu me souriais, je deviendrais meilleure,
Je le désire tant!

Mais je dois l'avouer, s'il reste en ma mémoire
Un souvenir de lui, squelette de l'histoire
Qui enlaça nos bras;
Le ciel n'aura de moi que cette impure essence
Mesurée par lambeaux, pesée dans la balance,
Dont le ciel ne veut pas.

Sans bruit, je jette en moi ce cri sec, lamentable :
« Pauvre femme au cœur chaud, que tu es misérable
De ne pas aimer peu,
De ne jamais brûler saintement comme un cierge,

De n'avoir pas aimé d'abord, le Christ, la Vierge,
Ce double écho de Dieu. »

Le tintement d'airain qui parle à la chapelle,
Va parfois dans mon âme, et lance une étincelle
De calme qui s'éteint;
Car à peine arrivée au seuil de notre église,
Ma joie de liberté se perd, je suis reprise
Par l'amour qui m'étreint.

Ainsi le mal est fait, il faut qu'il s'accomplisse :
Le remède à ce mal est que ma vie finisse
Comme une feuille au bois
Qui verdit, devient forte et se croit quelque chose,

Et qui, n'ayant souvent qu'une durée de rose,
Tombe comme les rois.

J'ai un trésor bien grand que ceint un petit cercle,
Une boucle au-dessus, et partout un couvercle, —
Ce sont des traits souillés;
Son portrait, je l'ai là, ma bouche le dévore;
Je repeins de mon sang — ce que je décolore
Avec mes yeux mouillés.

J'étais bien loin de lui, quand un désir étrange
Rapprocha nos deux cœurs, en forma ce mélange
Qui nous rend amoureux.
Ce désir nous poussa, nous dressa face à face,

Et ne fit pour nos pas plus qu'une même trace,
Et fixa nos quatre yeux.

J'ai voulu qu'il fût seul pour son destin à suivre,
Qu'importe après pour moi, je ne peux plus poursuivre
Un bien que j'ai perdu.
Mais lui se souviendra que le jour de ma fête
J'invoquai ma patronne, et je courbai ma tête
Comme un roseau battu.

Oh! s'il allait donner tout ce qu'il a de flamme!
Oh! si une autre femme allait avoir son âme,
Son cœur si pur d'enfant!
A cette affreuse idée, je suis toute en délire,

Mon souffle ne va plus, et si j'ai un sourire
C'est un marteau brisant.

N'importe, fais, mon Dieu, ses journées aussi tendres
Que nos baisers passés qui sont réduits en cendres
Dont j'ai encore la foi ;
Mais je veux le revoir avant d'être en ma tombe ;
Quand je n'espère pas, une feuille qui tombe
Est moins morte que moi.

Son nom s'attache au tien, mon Dieu, dans ma prière,
Gracieux, pur et frais, comme au cou de sa mère
Un enfant caressé
Qui demande et obtient qu'*en dimanche* on l'habille,
Avec autant de joie qu'un pauvre et sa famille
Rient sur un sou percé.

VAPEUR XXXIV.

24.

ELLE EST MORTE POUR MOI.

Oh ! qu'Elle se souvienne, et Elle pleurera.

—

FIN.

TABLE.

Pages.

TABLE.

FIN DE LA TABLE.